実作俳句入門

藤田湘子

角川文庫
23477

序に代えて

私は、長い俳句指導の経験と、自分の歩んできた体験から考えて、俳句入門書を必要とする時期が、二つあると思います。その一つは、もちろん東も西もわからずに俳句を始めようとする時期であり、もう一つは、四、五年の作句体験を経た人が必ずといっていいほど直面する時期、どうやら一応のことは俳句に詠えるようになったけれど、このさき、どうやって作句したらいいのかその方途が見つからぬ、さて、どうしたものか、そう思って悩む時期だろうと思います。本書は、その両者に十分に応えられるノウハウにすることに、最も力をつくしました。

ところで俳句入門書は今や百種類近くあるそうですし、一方ではまた、各地でカルチャー教室が盛んです。したがって、新しく俳句をつくってみたいと考えている人、あるいは、俳句をつくることに手を染めたばかりという人の数は、実におびただしい数にのぼると思います。そういう人たちは、本書の中でも触れていますが、ひたすら「俳句をつくる」ことに専念することが必要です。俳句をつくることによって、俳句の正体がおぼろげながら摑(つか)めるようになるのです。まず、恐れずに俳句をつくってください。

もちろん、そうした初学の人たちにもまず本書を読んでいただきたいのですが、私が最も本書を読んでいただきたいのは、そうしたごく初学の時代を過ぎて、かなりの実作もこなしてきたという人たちです。

ごく初学の頃は、グループの先輩たちが親切丁寧に俳句のあれこれを教えてくれたと思います。しかし、そこを過ぎてひと通りのことができるようになると、先輩たちはだんだんと手を引きます。これは、「あなたはもう一人あるきできる力がついたから、あとは自分で工夫して作句しなさい」ということです。いわば幼稚園の段階を終えた証拠です。みんなそうやって一人あるきをさせられ、あとは自分の努力しだいということで、突き放された恰好になっていくわけです。少なくとも、私などの初学時代は、そうした育て方をされたものです。

けれども現在は、一人あるきをさせられても、そのさきどんな勉強をしたらいいか、その方途が見つからず、同じところで足踏みをしている——といった状態の作者が大部分です。入門書やカルチャー教室から俳句の世界へはいったものの、そこからさきは誰も教えてくれない、さあ困った。そう思い、焦りを感じながら、惰性的な作句をつづけている人のなんと多いことか。私は、各種の大会、句会を通して、そのレベルで頭打ちになっている作者の数の多さにおどろき、なんとか手をさしのべる方法はないものか、と考えました。

私も一誌を主宰し、毎月いくつかの句会で指導するほか、数ヵ所のカルチャー教室で実作向上のための講義や添削等をしています。そういう指導の場では、これまで私が四十数年の作句生活で先輩から教わったことのほか、自分で考え工夫して成功した技法とか、初心者の失敗しやすいつくり方とか、実作と指導の両面から得たものを整理して、洗いざらい喋(しゃべ)り、教えることにしています。その中には、私の公開したくない工房の秘密もあります。けれども、私の指導によって急速に力をつけている人たちを見るにつけ、今まで喋ってきたことをさらに整理し、一本にまとめて、頭打ち状態の人たちに教えたいという気持がつよまったわけです。

そういう思いを終始持ちながら、本書を書きました。

もとより俳句表現は多様ですから、これをもって俳句表現のすべてが解り、且つ最高のものであるなどとうぬぼれているわけではありません。これはあくまでも藤田湘子の実作法であって、たくさんある道筋の一つであるにすぎません。そのへんは十分に承知しておいて下さい。ただし、私の信ずるこの道筋のことは、相当奥のほうまで照射して書きあげたという自信は持っています。

それからまた、俳句は教壇に立って、上から見下ろして教えるといったたていのものではないと、私は思っています。どちらかというと、焼鳥屋で一杯やりながらの会話という感じの中で、俳句のなんたるかがわかっていく、そういうものだと考えています。で、本書もそんな気分をうしろに置きながら書きました。もともとご丁寧なことばが使えぬ性格のうえに、そんな気分が加わったので、ときどきぞんざいな言いまわしになったところがあります。あらかじめご了承をお願いするしだいです。

目次

俳句の三つの基本

実践篇2 作句のテクニック

佳句を味わう

実作のまえに

なんのために俳句をつくるのか

スタートのまえに

これから俳句のつくり方のいろいろな勉強をするわけですが、それを始めるまえに、どうしても確かめておきたいことがあります。

それは、どういう目的を持って俳句をつくるのか、なんのために作句しているか、ということです。

こう書くとちょっと開き直った感じでものものしく思うかもしれませんが、私はもともと勿体(もったい)ぶったことが嫌いです。そんな難しいことじゃない。要するに、ただ漫然と作句を始めても、おいそれと上手にいくものではないですよ、ということを、最初に言っておきたいのです。

俳句を始めた動機について、すこし調べてみたことがあります。その結果わかったことは、自発的に、どうしても俳句をつくりたい欲求に駆られたという人はきわめて少なく、たいていは、

①友人、知人にすすめられて、おもしろそうだから始めた。

②カルチャー教室でなにか学ぼうと思って申し込みに行ったら、「俳句」講座にア

キがあった。

③勤め先の上司にすすめられ、つきあいで仕方なく句会に出るようになった。

などといったぐあいです。このほか、若い人では「高校の先生に教えられて」とか、「祖父が俳句をやっていたので、なんとなく」という例もありますが、多くの人は以上の三例にあてはまるようです。

それだから、その後はなんとなくダラダラとつづけてきたり、あるいは、一、二度作品をほめられて病みつきになったり、といった感じで三年、五年と経過していると思います。もちろん、そのままずっと継続して、よりいっそう俳句になじんでゆけばいいわけですが、ここでしばらく立ち止って、「自分はなんのために俳句をつくっているのか」と考えてみることは、これからの作句に大いに役立つはずだと思うのです。

俳句をつくることはよくマラソンにたとえられます。百メートル二百メートルの競走ではない。長丁場を走らなくてはいけない。だから、はじめに遅れをとっても、あとで盛り返せばいいなどと言われます。このことはまた後述しますが、それでは、マラソン選手は、ヨーイ・ドンでただ漫然と走り出すかというと、そうではないですね。事前にコースを調べたり試走したり、いろいろなトレーニングを積みます。が、それよりなにより四二・一九五キロをどう走るかにいちばん心を砕くと思います。それがなければ長丁場を走りきること、さらには好成績を挙げることは不可能と言っていいでしょう。

俳句だって同じです。五年、十年、十五年とつくりつづけ、すこしでもいい作品を求めようとするならば、やはりそれなりに、俳句にむかう自分の態度をしっかりさせておく必要があります。

自分のためにつくる

まず、「俳句をつくるのは、誰のためでもない、自分のためだ」という自覚を強くもつことが肝要。この自覚が稀薄だと、中途で挫折してしまうことにもなりかねない。それは確かに、つくり始めの動機は、友人のAさんとか上司のBさんに誘われたからでしょうが、「俳句をやってみよう」と思ったときから、もはや「自分のために」つくり始めたのです。Aさんや Bさんは、俳句の園の入り口の門の前に立たせてくれただけです。入り口の扉を押して中へはいったのは自分、こう思わなくてはなりません。

四二・一九五キロを走破するマラソンには、途中いくたびも起伏があります。俳句をつくることも全く同じで、楽しいとき苦しいときがあり、好不調があります。楽しいとき、好調のときは誰も文句は言いません。けれども、苦しくなったとき、不調のときになると泣きごとを言って、その責任をAさんBさんにとってもらおう、転嫁しようとする人がいます。これはお門(かど)違いというものです。AさんBさんにはむしろ感謝すべきであって、もはやなんの責任もない。苦しいとき、不調のときにこそ自分の努力が望まれるわけで、その源泉となるものが「自分のために」なのです。

私は、〝生の証〟という言葉があまり好きではありません。なにかわざとらしさがあるようです。が、ここでは話をわかりやすくするために使います。俳句は、自分がつづる、自分の生の証と言っていいでしょう。この苛酷な世の中を、自分がどう生きているかということの証。そしてまた、そうした自分を見つめ、みずからを慈しむ気持、それが俳句の根底にないと、読む人の心をうつ俳句はつくれません。「自分のために」ということは、そのような自愛の心につながるものであります。

継続こそ力

句会やカルチャー教室の終ったあとで、ときどき訊かれることがあります。

「わたくし、素質があるでしょうか」

そんなときの私の答えは、

「俳句をつくることを継続するかどうかで、素質のあるなしがきまります」

というだけです。これは詭弁でもなんでもない。私の経験から割り出した真理です。

「いい素質の人だ」とみんなから見られている人を、私は何人も見てきました。たしかに、俳句をはじめたばかりにしては素人ばなれの詠い方ですし、なにかキラリとしたものを持っているような感じでもありました。しかし、こういう種類の人にかぎって低迷期も早くやって来るし、永つづきしない人が多いようでもあります。それは自分の素晴らしきものを過信し、俳句型式を見くびり、ちゃんとした俳句の勉強をしなかったせいだと言えます。

反対に、入門時にはほとんど目立たなかった人が、数年たってびっくりするような作品を示すという例も、少なくありません。コツコツと地道に継続してきた成果が、あるときパッと花を咲かせた、そんな感じです。こういう人をみると、私は「がんばったね」と肩を叩いて祝福してやりたい気持になります。

どんな習いごとにも、要領のいい人と悪い人とがいます。スタートダッシュのいい人とスロースターターとがおります。だから俳句のばあいも、作句歴五年や十年では優劣をきめることはできません。七十代になって花ひらいた鉄斎の例もあるでしょう。ところが、かりに十人一緒に作句をはじめたとすると、半年一年後には三、四人も脱落することが珍しくありません。これは今まで述べたようなことがわからず、早くいい結果を欲しがる人が少なくないからです。

また、これとは別に、何年も作句しているのに、ときどき櫛(くし)の歯の抜けたように休んでしまう人がいます。これはたいへんな損です。休んだ当人は「たかが二、三ヵ月くらい……」などと考えているのかもしれませんが、大間違い。もとのレベルへ戻るには、休んだ期間の三倍以上を必要とすることを覚悟しなければなりません。

良い師を選ぶ

俳句をはじめたら、なるべく早い時期に専門の俳句雑誌を購読し、そこの会員になって作句をつづけることが大切です。俳句雑誌には読者の投句欄があって、毎月五句ていど投句することができます。それを選者（たいていは主宰者）が選び、選ばれた俳句が誌上に発表されるようになっています。五句全部選ばれる人もいる。一句二句しか載らない人もいる。また、先月は二句だったが今月は四句載ったという人もいるし、その逆の人もいる。つまり、そういう形で自分の実力のほどがわかったり、好不調の波、作句方法の指針を知ることができるようになっているわけです。

俳句はこうした選者＝投句者というかかわりによって伝承され、また投句者側が育てられていくのです。これ以外の方法で上達しようと思っても、なかなかうまくいきません。

たとえば、三人が同時に作句をはじめたとします。

Aは俳句雑誌を購読し、早速投句を開始した。

Bは俳句雑誌は講読したけれど投句はしない。

Cは俳句雑誌も読まず、ただコツコツつくっているだけである。

以上、三者三様の勉強法で二年たったとき、これはまぎれなくAがぬきん出てしまう。つづいてB、Cの順になるわけだけれど、AとBとの差は、BとCの差以上になることは間違いないのです。これには実例がたくさんある。それほど投句による勉強法は効果的だと言えるのです。

俳句をつくるという作業の過程は、俳句雑誌に投句しようがしまいが変りありません。それだったら志を高くもって、早くいい俳句雑誌に投句する、そして実力を高めることを考えるべきではないだろうか。

ところで、その俳句雑誌の選び方である。今も言ったように、選者は大部分が主宰者です。すなわち雑誌を選ぶことは師を選ぶことにつながるわけだから、簡単に目のまえにある雑誌の投句者になることは、軽率のそしりをまぬがれません。けれども現実には俳句雑誌は一千種以上もあるし、選ぶほうは事情にうといときている。さあ、どうしたらいいのか、迷うこと必定です。

私は、そういう人には、「五年たったらもう一度選び直しなさい」と言いたい。最初あれこれ迷っていたら、たちまち一年や二年は過ぎてしまいます。大事な勉強の時期を空費したくありません。ですから、一回目の選定は凡その見当をつけたところでよい。そして、そこの水が合っていると感じるようだったら、そのまま腰を据えてしまえばよいし、もしそうでなく、どうも選者の句も好きでないし、先輩にもこれぞという人がいない、と感じたならば、五年くらいでおサラバしたらいい。五年も勉強すれば、俳壇の事情もいくぶんわかってくるはず。一年くらいかけて、じっくりと腰を据える場所を探すことです。

そうしたばあい、一回目の雑誌の選者や先輩が、不実な行為だとなじることがあるようです。が、そんなことは意に介さないほうがよろしい。なんといっても「自分のために」なのですから。それからまた、私は、選ぶ権利は後から来る人にあって、師や先輩が後進を拘束することはできない、とかたく信じています。信念を持って選び直すことをすすめます。

ただし、腰を据える場所をきめたならば、選者を信じて、その教えるところをひたすら探究すべきである、と思います。

自分の俳句をつくる

自分のために自分の俳句を

俳句は「自分のために自分のためにつくる」と言いましたが、これをもうすこし丁寧に言えば、「自分のために、自分の俳句をつくる」ということになります。

「自分のために」という点については、すでに説明したところだから理解してもらえたと思う。では「自分の俳句をつくる」とはどういうことか。このことを説明しているとややっこしくなりますから簡潔に言うと、要するに、誰かの真似でない俳句をつくろう、ということです。

　俳句は、現在、数十万数百万の人たちがつくっています。毎月つくられる俳句の数は、いったいどのくらいになるのか見当もつきません。そして、そんなにたくさんつくられると、きわめて常套的できわめて公式的なつくり方というものが、どうしてもできてしまいます。対象の見方から着想、用語、表現に至るまで、どこかの誰かがつくっていたような、とか、似たような句を見た、といった俳句になってしまう。そんな句でも、どうやら通用するレベルにできていれば、活字にもなるし、ばあいによっては賞められることだってある。その結果、俳壇全体の俳句のマンネリ化が進行していきます。

　そんな中に巻き込まれ、それで満足しているんでは「自分のために」俳句をつくっているとは言えません。「自分の俳句をつくる」ということは、そういう渦に巻かれずに、自分の心、自分の眼、自分の発想、自分のことばをしっかり持ってつくるということです。そうでなければ、これから生涯をかけて俳句をつくっていこうなんて意欲も、ついに湧いて来ないと思う。「自分の俳句をつくる」ことを、ここで決意してもらいたい。

さて、決意はしたけれど、決意しただけで自分の俳句がスイスイできるわけではない。それまでなるには五年、十年といった修練期間をどうしても必要とします。

そこで私は、修練期間にやるべきことを設定するために、第一期の人と第二期の人とに分けることにします。第一期は、初学からだいたい三、四年までの間の人たち、第二期は、五、六年から十年くらいまでのキャリアを持った人たちです。もちろん個人差がありますから、全部が全部この範疇（はんちゅう）にはいるとはかぎりません。半分の年数で考えてもいい人もいれば、反対に倍の年数で見たほうがいいという人もあるはず。とにかく、自分のこれまでの句歴や勉強の方法を冷静に見つめて、自分がどちらにはいるか判定し、実行して下さい。

第一期の人は

この期に相当するのは、今言ったとおり、俳句をつくろうと思いはじめたばかりの人から作句経験三、四年までの人です。

まず最初に、前項で述べたように、まだ俳句雑誌を講読していない人、購読していても投句していない人は、早速購読し投句をはじめることとです。これが大前提です。どの雑誌を講読したらいいかわからぬ人は、「俳句年鑑」（角川文化振興財団）を求め、これぞと思う俳句雑誌の見本誌を取り寄せて調べることをおすすめします。

投句するようになったら、毎月どんなことがあっても継続すること。これも欠かせぬ条件です。継続が力、継続することが素質、ということを忘れないで下さい。

そして、投句をはじめたら、毎月投句数の五倍に相当する俳句をつくるようにしたい。投句数が五句なら毎月二十五句というわけです。もっとたくさんつくりたい人は、五十句、百句とつくってよろしい。この時期は、ただひたすら俳句をつくることに専念する。ただガムシャラにつくるのです。なぜそれが必要かというと、俳句を知るためです。俳句を自分の身体に沁みこませるためです。

俳句によらず芸という字のつくもの、そう呼ばれるものは、すべて実技の積みかさねによって身についてきます。絵画、書道しかり、音楽、舞踊しかり、茶道、華道しかりです。頭で呑みこむだけでは実技の上達は望めません。とにかく、ひたすら実作をつづけていれば、三年目あたりから次第に要領がわかってきます。対象に向って、それをひと通りの俳句にするコツが呑みこめてきます。

三年?……などと驚かないでもらいたい。三年なんてアッという間です。それに、なにをやったとしても、三年で一人前になろうなんて図々しすぎる。つまり、三年の修練も辛抱できぬような人は、なにを習ったとしても中途半端に終る人です。

それでは、俳句のつくり方がよくわからぬ人はどうしたらいいか。

そういう人は、堂々と真似をすべし、です。学ぶの語源はマネぶです。理屈はいりません。先輩や先人、友人の句を見て、これはと思った句にヒントを得て、真似をするのです。

ただし、真似にもルールがあります。

たとえば、

ある僧の月も待たずに帰りけり
鶏頭（けいとう）の十四五本もありぬべし　正岡（まさおか）子規（しき）
五月雨（さみだれ）や上野の山も見あきたり

といった有名な句を、

ある人の月も待たずに帰りけり
枯芒（かれすすき）十五六本ありぬべし
時雨るるや丹波の山も見あきたり

とやったりしたら、これは真似ではなく盗作になってしまいます。真似してもよい真似かたは、原作の痕跡（こんせき）をとどめず、自分でなにがしかの工夫を織りこむことです。と言っても簡単にはゆかぬでしょうから、見様見真似でまずつくることを考える、と言っておきましょう。

真似をすることは、私の強調する「自分の俳句をつくる」ということと矛盾するではないか、と言われそうですね。たしかにそうです。けれども、「自分の俳句をつくる」ということは、基礎が出来あがってからのことです。基礎がなければなにもつくれません。真似をすることは、その基礎づくりの一布石であります。基礎をつくる一過程です。したがって、真似の時期は二、三年で終らなくてはなりません。この点を忘れぬよう。真似をいつまでもつづけていると、一生「自分の俳句」はつくれなくなってしまいます。

もう一つ、この時期の人たちがやるべきことは、「歳時記」と仲良くなることです。俳句はご承知のように、十七音に季語を含めたものとして一般に理解されています。私はこれに切字（きれじ）を加えたいのですが、この点については後述するつもりです。季語は、詩語としても美しいものが多く、季節感、連想力、重量感を持っています。したがって、季語のはたらきをどのように活用するかが、作句の重要なポイントとなります。

そのような季語を収集整理し、解説し、作例を加えたものが歳時記ですが、私の見るところ、一般に歳時記とのなじみ方が少ないように思われます。もっともっと歳時記と仲良くなって、ボロボロになるまで使いこなさぬといけない。手持ちの歳時記が買いたてのように綺麗なうちは、まだ一人前の俳句作者とは言えぬ、と申しても過言ではないのです。

歳時記をよく読み、季語を一つでも余計に記憶することが、いい詩因を摑むことにもなります。そして、季語にふりまわされて句をつくるのではなく、季語を自由に使いこなすようにならなければ、「自分の俳句」はつくれないと心得るべきです。

第二期の人は

この期に相当するのは、ふつう五、六年から十年ほどの経験を積んだ人たちです。もし、この時期に相当する人で、第一期の人たちに要望したことを行っていない人がいたら、早速それを実行しなければいけない。第一期のやり方を完了しないで、手抜きして第二期の方法にすすんでも、効果はありません。ものごとの順序を軽視してはいけない。

この期にはいった人が最初に実行すべきことは、正岡子規以降の著名俳人の作品をよく読むということです。

次に、その俳人の名と作品二句ずつを挙げておきます。

流れ行く大根の葉の早さかな　高浜虚子
彼一語我一語秋深みかも
残雪やごう〳〵と吹く松の風　村上鬼城

闘鶏の眼つむれて飼はれけり

ぬかるみに夜風ひろごる朧かな
初夢も無く穿く足袋の裏白し
渡辺水巴

芋の露連山影を正しうす
をりとりてはらりとおもきすすきかな
飯田蛇笏

頂上や殊に野菊の吹かれ居り
蔓踏んで一山の露動きけり
原石鼎

雪解川名山けづる響かな
奥白根かの世の雪をかゞやかす
前田普羅

桑の葉の照るに堪へゆく帰省かな
啄木鳥や落葉をいそぐ牧の木々
水原秋桜子

海に出て木枯帰るところなし
土堤を外れ枯野の犬となりゆけり
山口誓子

さみだれのあまだればかり浮御堂
凍鶴が羽ひろげたるめでたさよ
阿波野青畝

歩み来し人麦踏をはじめけり
づか〳〵と来て踊子にさゝやける
高野素十

みちのくの伊達(だて)の郡(こおり)の春田かな
初花(はつはな)も落葉松(からまつ)の芽もきのふけふ
富安(とみやす)　風生(ふうせい)

みちのくの雪深ければ雪女郎(ゆきじょろう)
祖母山(そぼさん)も傾山(かたむくさん)も夕立(ゆだち)かな
山口(やまぐち)　青邨(せいそん)

道のべに牡丹(ぼうたん)散りてかくれなし
探梅(たんばい)のこころもとなき人数(にんず)かな
後藤(ごとう)　夜半(やはん)

降る雪や明治は遠くなりにけり
曼珠沙華(まんじゅさげ)落暉(らっき)も蘂(しべ)をひろげけり
中村草田男(なかむらくさたお)

雉子(きじ)の眸(め)のかうかうとして売られけり
夾竹桃(きょうちくとう)しんかんたるに人をにくむ
加藤(かとう)　楸邨(しゅうそん)

金剛(こんごう)の露ひとつぶや石の上
ひら〳〵と月光降りぬ貝割菜(かいわりな)
川端(かわばた)　茅舎(ぼうしゃ)

芥子(けし)咲けばまぬがれがたく病みにけり
我去れば鶏頭(けいとう)も去りゆきにけり
松本(まつもと)たかし

螢火(ほたるび)や疾風(はやて)のごとき母の脈(みゃく)
元日の日があたりをり土不踏(つちふまず)
石田(いしだ)　波郷(はきょう)

中年(ちゅうねん)や遠くみのれる夜の桃(もも)
西東(さいとう)　三鬼(さんき)

秋の暮大魚の骨を海が引く

挙げておきたい人はまだ十指を下りませんが、最小ぎりぎり、以上の人たちの作品は読んでおきたいもの。

私は、この第二期の間に、何冊の句集、鑑賞書などを読んだかが、次の成長期のあり方を大きく左右するとみています。あなたの書架にこういった本がどのくらいありますか。三十冊——少ないですね。五十冊——まあまあです。三十冊に満たぬ人は早く三十冊にし、さらに五十冊を目ざして努力すべきです。五十冊読んだ人は百冊を目標にがんばって下さい。

俳句雑誌を講読していると、毎月たくさんの俳句を読むことになります。主宰者、同人、そして投句者仲間の句を読む。けれども、それで事足りたと思ってはいけない。一雑誌の作風は、多彩であるように感じられても、それがすべてではありません。

今挙げた人たちは、それぞれ一時代を劃した著名俳人ばかりです。強い個性をもって俳壇に影響をあたえました。むろん、今も私たちはその影響をうけているのです。だから、読んでいくうちに必ずハッと感じる句に何句かぶつかるはずです。そのハッと感じることによって、自分の眠っていた詩情が刺戟されます。自分だけの努力では覚めなかったものが、いきいきと動きだします。ここが大事なところです。

それからまた、以上の大先輩たちはたいへん優れた表現力を持っています。的確なことばや表現のテクニックを学ぶことができます。何度も何度も朗誦してゆくうちに、それらの美点が自分の中に蓄積されてゆきます。その蓄積がやがて発酵する時期が来るはずです。いや、きっと来るのです。

今、朗誦する、と言いました。そうです、大きな声を出して読むのです。口の中だけでモグモグ言ったり、黙読だけですませていたら蓄積されません。朗誦しなければいけない。朗誦することによって優れた俳句のもつリズム感が体内にはいっていく。そのリズム感と融け合って美点が流れこむのです。朗誦をしないとそれは期待できません。

意味のわからない句がある、読めない字がある。それはどうするか。

意味のわからぬ句にこだわることはない。あるいは、いい句だと言われる句でも、自分で納得できなかったら、そのことにもこだわらず次の句へすすんでいけばいい。ただし、朗誦はしなければいけない。わからぬ句はわからぬままでいいというのは、私が無責任に言っているのではない。早い話、絵の展覧会へ行って、前衛的なチンプンカンな絵の前に立ったとき、あなたは歯ぎしりしてその絵をわかろうとするだろうか。そんなムダなことはしないと思う。その絵はあっさり飛ばして、わかる絵、気に入った絵の前に行ったとき、ゆっくり鑑賞しようとするだろう。

俳句の鑑賞もそれと同じ。わからぬ句の前に立ち止って歯ぎしりなんぞしなくていい。次へ次へと飛ばしていっていい。しかし、必ず一度は朗誦すべきです。朗誦することによって体内に記憶されたリズムが、ある日突然よみがえって、今までわからなかった一句が、ハタとわかるということが、しばしばある。どんな句も朗誦しなければならない。

読めない字？　そっちのほうは漢和辞典とか国語辞典をまめに索いて自分で調べなさい。そんなことまで誰かに頼るような横着者では、さきが思いやられる。自分用の漢和辞典と国語辞典を手元に置くのは、俳句をつくる人の常識です。

俳句の三つの基本

基本をおさえる

前章で俳句をつくる心構えができたと思います。まだ十分に飲みこめぬ人は、もう一度読んで、しっかりと気持を整理して下さい。そうしてから、ゆっくりとこの章にはいって来てもらいたい。

この章では、俳句の基本とはどんなことかを考えてみます。

みなさんはすでに、ちょっと俳句をつくったことがあるか、または数年のあいだ見様見真似で一応こなしてきたわけですから、俳句は五・七・五である、季語を入れて詠わなければいけない、それに「や」「かな」といったような切字（きれじ）を使うばあいがある、などという基本めいたことは、大体承知していると思います。けれども、そのことを深く自分で考えてみたことはないと思います。ただなんとなく、教えられたようにやってきたという感じではないでしょうか。そうですね。

そこで、ここでは、もうすこしはっきりと、俳句の基本にかかわることを頭に入れておきたい。俳句の基本にかかわるということは、俳句の特徴を知ることであり、特徴をよく知ってそれを活用すれば、表現上のたいへんな武器になる、そう私は信じているからです。「もうそのていどのことは知っている」「いまさら聞かなくてもわかっている」などと見くびらずに、肚（はら）をすえて読んでもらいたいものです。

俳句は型である

俳句の三要素

俳句を教わったとき、最初に言われたことは、「五・七・五の十七音で、その中に季語を含んでいることが必要」であったと思います。それだけ教わって、「とにかくつくってごらんなさい」とすすめられたのがスタートだったでしょう。まあ、最初はそのていどの知識でいいのですが、俳句をずっとつづけていく人には、もうちょっとしっかりした認識が必要です。

たしかに、五・七・五の十七音（定型）の中に季語を含んでいる（有季）という条件が充たされれば俳句は成り立ちます。けれども、それだけでは武器としての強い性格は持ち得ません。俳句が短い言葉で、あるとき一篇の小説以上の力を発揮するためには、もう一つ切字が必要です。切字の必要性については後述しますが、定型、季語、切字の三つが揃うことによって、俳句が俳句として十全の力を発するのです。この点をわかりやすく書くとすれば、

五・七・五——前提
季語——約束
切字——手段

ということになるでしょう。以下この点について詳述します。

五・七・五という型

短歌のことを洒落て三十一文字などというように、俳句もまた十七音詩とか十七字の文学などと呼ばれることがあります。とくに十七音詩と呼ぶ人は少なくないようです。十七音詩、ちょっとカッコいいし、そうであることにちがいないわけだけれど、私は十七音というより、はっきりと五・七・五と呼びたい。ただなんとなく並んだ十七音でなく、きっぱりと区分された五・七・五でなければならないからです。

五音の言葉に七音の言葉がつづき、さらに五音の言葉がもう一度加わる。五音＋七音＋五音、五音七音五音、この韻律が大切なのです。五音や七音が日本語に快適なリズムをもたらすことは、もうすでに多くの学者によって立証されていますから、その方面には素人の私がここでもっともらしい受け売りの理論をふりまわすことはしません。けれども、日本の伝統的な詩歌の流れをごく大ざっぱに見ても、長歌↓短歌

↓俳句というように、その主流が長い型から短い型へ移行していることがわかります。俳諧の世界でも、かつては五音七音五音の長句と、七音七音の短句とを交互に並べた連句が主流であったのに、今日では五音七音五音の俳句がとって代っています。今後どのような社会的変革があったとしても、たとえば五音七音だけ、七音五音だけ、あるいは七音七音だけというような俳句よりさらに短い形式が成立し、隆盛を誇るということにはならぬと私は信じています。つまり、五・七・五は、日本語の詩歌の長い歴史の末に到りついた、極限の美しい韻律をもった形式であるわけです。そして、繰り返していうと、それは十七音ではなく、あくまでも五・七・五を基調とした型でなければならないのです。

二、三の例を挙げてみましょう。

a　耳へ入りて遠のく郭公智恵子抄

b　石仏おろがみおえて田植の田へ

c　看病に疲れし八十八夜かな

a句は、高村光太郎の「智恵子抄」を読んでいたら郭公が聞こえてきた。その声をたのしみながら読みつづけていると、やがて遠くのほうへ去ってしまったという句意。

それなら、たとえば、

郭公は遠くなりけり智恵子抄

とでもすればいい。作者の詠わんとするところはこれで十分に出ています。「耳へ入りて」という最初の五音（上五または初五と言いますが、本書では上五に統一します）が一音の字余り、そして中の七音（中七）がまた一音の字余りですが、まったく無駄な字余りというべきです。内容も作者の感動のあり方も、字余りにして何かを強調するという質のものではありません。もっと五・七・五のリズムを活かすべき句です。改作はそうした点を正したものです。

b句は、どこかの石仏を拝んでの帰りです。小高い丘にでもある石仏でしょうか。ぶらぶら丘を下ってくると、ちょうど田植えのまっ最中の田があったという意。ここでは下の五音（これも下五または座五と言いますが、下五に統一します）の「田植の田へ」が一音の字余りです。この句は、

石仏おろがみくれば田植かな

という改作でいい。それらしいポーズを示さぬことが、読後のさわやかな句をつくる秘訣です。aの作者もbの作者も俳句をひと通りわかっている人で、ちょっとカッコいい表現をしてみたかったのでしょうが、腕のあるところを見せようなどと考えたら、

ロクな俳句はできません。それより五・七・五のすばらしさをもっと大切にすべきです。

ｃの作者の句は、中七が一音の字余りです。一見ここはなんでもないようですが、私などから見ると、実に不用意で冗長感がひどい。これは、「し」を削って、

看病に疲れ八十八夜かな

で申し分ありません。「し」がある字余りと、「し」を削って定型になったものとでは、たった一音の差ですが天と地ほどの差がある、それほど五・七・五という型は強いのだということを、はっきりと認識して下さい。この認識が弱いと、いつまでたってもリズム感が身に沁(し)みこみません。と言うことは、卓(す)ぐれた俳句になる内容を凡作にしてしまうことにつながるわけです。

五・七・五は短い

作句をはじめた当初は、誰にも「新しい表現形式を得た」というよろこびがあると思います。「これで心の中の思いを表現できる」といろめきたつ感じをもつはずです。その結果どうなるかというと、わずか五・七・五の中に、あれも言いたい、これも入れようということになって、出来あがったものは判じ物か落語の三題噺(ばなし)のようで、読

んでもチンプンカンでさっぱりわかりません。たとえ作者の意図が通じたとしても、作者がなにに感動しなにを表現したかったか理解に苦しむような、俳句らしい形のもので終ってしまいます。作句のはじめは、たいていの人がこういうところに落ちこんで失敗します。

長箸や炉端のあかりせんべい屋
高張灯橇の音近し嫁来る
アンテナの綺羅ひかり蝶若く飛ぶ
木の芽萌ゆ泣いたら負ける顔が伐る
金粉の酒出て更ける春の宴

これらを読んで感動を催すという人は、まずいないでしょう。五・七・五の中にまあ実にたくさんの言葉が詰めこまれ、それらの言葉がみんな意味ありげに自己主張している。これでは日本語の一番美しいリズム五・七・五が可哀相です。そう思いませんか。

なんでこういうことになるのか、と言うと「五・七・五は短い」という認識が作者にないからです。「わずか五・七・五だ」という思いが乏しいからです。その結果、できるだけたくさんの言葉を使って、意味を詰め込み、いわくありげな表現にしようと考えてしまうのです。

戦後間もないある時期、腸詰俳句と蔑称された一群の俳人と作品がありました。これは初心者ではなく、しかるべきキャリアをもった人たちでしたが、意識過剰で五・七・五の中にぎゅうぎゅうと意味言葉を詰め込んだことでは、右の例と変りはありません。初心者ではないから前掲五句よりはそれらしく出来ているわけですが、今日になってみると、その一群の作品で命脈を保っているものはありません。

この例からもわかるように、五・七・五という型は酷使しては絶対ダメです。五・七・五というリズムが快くはたらくような使い方をしてやらなければいけない。それにはどうしたらいいのか。

まず、いまも書いたように「五・七・五は短い」という思いをしっかり持つことです。十七音あればなんとか言えるなどと、これっぽっちも思ってはいけない。つまり「五・七・五ではなんにも言えない」と思うことが必要です。「いや、それでも……」なんて未練がましい思いがもしあったら、このさいキッパリ捨ててもらいたい。とにかく「短い」「なんにも言えない」「なにかを言おうとしてはならない」ということを肚に叩きこんでおくのです。

加藤楸邨は、かつて「俳句はものの言えないところから出発する」と言いました。

私は初学の頃この言葉を知って、頷いたり疑ったり大いに揺れうごいたことがありますが、今ではたいへんな名言だと思っています。楸邨のこの言葉は、私などと同世代の俳人に大きな影響をあたえたと考えられますが、その中の一人など、「俳句とは意味を消すことである」などと言っています。これにも全く同感しています。

五・七・五はリズムである

俳句の五・七・五という型ではなんにも言えないと私は強調しました。それでは、五・七・五という型は表現上なんの役にも立たないのかというと、とんでもない、私は「一篇の小説よりも勝るばあいがある」とも書いています。矛盾するようですがどちらもほんとうのことです。そのへんを説明しましょう。

まず、「なんにも言えない」ことを肚に叩きこんでおこうと言ったのは、〈俳句を意味でつくろうとしてはいけない〉と言いたかったからです。意味でつくろうとすると、俳句の中に、倫理感、道徳感や教訓、駄洒落、穿ち、謎解き、理屈、俗悪な風流ぶり、浪花節的人情、小主観、低劣な擬人法といったものがはいりこんでしまうからです。このへんで「おや、おや……」と思う人がいたら要注意です。しからばそれはどんな句をさすかというと、次のようなものです。

嬉しさは眼鏡もいらぬ月見哉　老鼠堂機一
見るよりも仰ぐものなりけふの月　雪中庵雀志
夕だちの来て忘れけりけさの事　春秋庵幹雄
夫のるす月さへ入れず戸ざしけり　夜雪庵金羅

これらはいずれも月並俳句と言われるもので、明治時代に正岡子規が俳句革新を行ったとき、俗悪句の対象として槍玉にあがった側の作です。見て下さい、この俗臭。あまりに馬鹿げているので解釈するさえ憚られますが、まだピンと来ない人のため最後の一句だけ説明しますと、（今夜は夫が留守だから、夫以外の男はもちろんのこと、名月のひかりさえ入れまいとして早々と戸閉しましたよ）ということです。作者は貞女になり代って、こうした貞婦訓のような意味を十七音にしたのです。一応「月」という季語もはいっていますから、どうやら俳句らしい形をととのえているけれど、ここには一片の詩情もありません。

　このような詠い方が明治の子規のお蔭で絶滅したならば、私がなにも言うことはないのですが、今日でも似たような詠い方をしようとする人が、跡を絶たないのです。

なにごとも天の運命ぞ毛虫焼く

うぐいすに春を知りたる川の音
蓮の花ひらけば黄泉の母見ゆる
木枯に人の心も棘をなす
黒揚羽幽鬼のごとく影を曳く

これは最近、私が担当したある俳句綜合誌の投句欄に寄せられた句です。さすがに明治時代ほどひどくはありませんが、このていどの倫理感、道徳感、浪花節、小主観の作品はやたら目につくのです。

このように、意味をまず考えて、それを五・七・五の中で辻つまの合うように言葉を並べていくのは、俳句のつくり方として一番危険なことであり、〝詩〟とはほど遠い作業であると言えるのです。

しかし、俳句は言葉を用いてつくられるものであり、言葉の一つひとつには当然なにがしかの意味があります。そして、そうした言葉が組み合わされるとさらに意味は濃くなってきます。これは間違いありません。では、それをどうしようというのか。さあ、ここで思い出して下さい。私の同世代の俳人が「俳句とは意味を消すことである」と言ったことを——。彼の言った真意は、こうした言葉の組み合わせの段階で意味が出てくるのは仕方ない。けれどもその言葉の組み合わせによって生ずる意味が、さきほどのような倫理感や小主観といった忌避すべきものであってはならないということなのです。

以上のことは一度だけでは十分に理解できぬかもしれませんので、これからもずっと折にふれて述べてゆくつもりです。覚えておいて下さい。

では、俳句が意味を先立てて考えてはいけないというなら、先立てるものはなにか。

ここにおいて、なんのための五・七・五かということに目を向けてもらいたいのです。五・七・五は日本語の一番美しいリズムだと私は言いました。そう、リズムなのです。五・七・五という美しいリズムなのです。これを活用するのです。心楽しいときは一読して弾んだリズム、もの淋しいときは沈んだおだやかなリズム、壮大な風景に対したら荘重なリズム、可憐な植物を見たら軽やかなリズムというように、対象や感動の質によってそれにふさわしいリズムを工夫することです。その点、日本語はなかなか奥が深く、私たちが考えれば考えるほど、よりよい言葉の組み合わせや、よりよいリズムの言葉を提供してくれます。極端な言い方になるかもしれませんが、俳句をつくるという作業は、自分の感動に適ったリズムを考え、言葉を探し出すゲームと言っていいでしょう。

今言ったことの参考になるような名句を、ここにいくつか抽いておきます。内容にふさわしいリズムを持っていること、よく味わってほしいものです。

冬の灯のいきなりつきしあかるさよ　久保田万太郎
火の山の阿蘇のあら野に火かけたる　橋本多佳子
こほろぎのこときれし夜を誰も知らず　山口青邨
朝焼の波飛魚をはなちけり　山口草堂
あけぼのや花に会はんと肌着更へ　大野林火
大寒の一戸もかくれなき故郷　飯田龍太
今も待つ銀河へ船出せし人を　上村占魚
花あれば西行の日とおもふべし　角川源義
春昼の指とどまれば琴も止む　野沢節子
磧にて白桃むけば水過ぎゆく　森澄雄

俳句のいのち――季語

季語を軽く見るな

次は季語です。

俳句に季題、季語というものがあり、五・七・五の中にそれを詠みこむ約束があることは、俳句作者はもちろんのこと、俳句をつくらぬ人でも知っている人は多いでしょう。もっとも、約束というものはときどき反故（ほご）にされるばあいがありますから、俳句でも「季語を絶対視しない」として、あえて季語のない俳句〈無季俳句〉をつくる人たちもいますが、これはごく少数です。私たちは季語のはたらきを大切にし、その特性を生かした俳句〈有季俳句〉をつくろうとしているわけですから、ここでは無季俳句は論外のこととして扱います。

ところで、俳句をつくった人なら誰でも経験していることですが、いざ作句の現場に直面してみると、かなりの作者でも季語の扱い方にてこずるということがある。それからまた、てこずることはないが、そのかわり季語を軽く見て、その場でちょこちょこっとくっつけてしまうといったことがある。私自身もいろいろな場面にあい、いろいろな経験をしてきたけれど、こと季語にかかわるとなると、全力を挙げてその扱い方を検討したものです。今でもそれは変らないし、今後ともその点に全精力を傾けて作句をするつもりです。

けれども一般に初心の人たちは、季語への配慮があまりなされていないように感じられます。「その場にその季語を見たからそれを使った」。そんなていどのようです。はたして、それでいいのかどうか。私は否と言いたい。そんな季語の使い方ではけっしていい句は出来っこない。もっと慎重に、もっと細心の配慮が必要なのです。

季語には三つのはたらきがある

まず、季語を上手に使いこなすには、季語が俳句の中でどんな役割を果たし、どんなはたらきをするのか、そのへんを見きわめておく必要があります。私は、季語の俳句における特性は、

①季節感
②連想力
③安定感

の三点にあると信じています。この三点は交互に作用しながら俳句作品の背後を拡げます。もっとも、季語によっては季節感の無いものや、季節感があってもきわめて乏しいものもありますが、そうしたばあいは、連想力がたいへん大きいといった具合になっています。

芋の露連山影を正しうす　　飯田　蛇笏

秋立つや川瀬にまじる風の音

山の春神々雲を白うしぬ
野の虹と春田の虹と空に合ふ
冬菊のまとふはおのがひかりのみ
十六夜の竹ほのめくにをはりけり

水原秋桜子

「露」「秋立つ」「春」「春田」「冬菊」「十六夜」の持つ季節の情感がしずかに伝わってきます。たとえば、露のきらめきと澄んだ秋の空気（第一句）、冬のつめたさの中にきりっとして立つ菊（第五句）、というように。そうして、これらの季語を軸にしてさまざまな連想が水輪のように拡がってゆくはずです。

もっとも、この連想のひろがりには個人差があります。作句経験が豊かで、自然や季語にもよく馴染んでいる人と、作句をはじめて間もない人とでは、季語からうける刺戟が異なるのは言うまでもありません。こまかく言えばキリがありませんが、その刺戟の差が連想力の差になると言ってさしつかえないと思います。初心の人が名句を前にして、「よくわからない」と言うのは、だいたいは季語からうける刺戟がまだ弱いせいだと言ってよいでしょう。

言葉をかえていうならば、季語に対するおもいの深い人が、俳句をよく理解できる人と言えるし、さらには、そういう人でないといい俳句をつくる可能性が乏しいと私は断言してもいい。それほど季語を知ることは大事なのです。

もとへ戻ります。季節感と連想力とは以上のことでもわかるように、そうとう太い絆（きずな）でつながっています。季節感がはたらけば連想力が拡がるというふうに連動します。では安定感というのは何か、というと、一句の中に季語が存在することによって、一句にある重みが感じられるということです。ですから、安定感＝重量感と言ってもさしつかえないのですが、重量感と書くと、そうとうな重さを感じてしまうおそれもあるので、安定感としたわけです。

しかし、この安定感が「ある」か「ない」かはかなり微妙であります。読む人の感受性とか主観といったものが作用することがあります。私が安定を感じると言っても、無季俳句を推進する人は、そんなものは感じないと言うかもしれません。そういうややっこしさがあるかもしれないけれど、今は私の説を信じてもらわぬと先へ進めません。

ところで、季節感はないけれど連想力と安定感はある季語、についてちょっとふれましたが、それはどんな句かというと、

燭（しょく）の灯を煙草（たばこ）火としつチエホフ忌　　中村草田男

ニイチェ忌尾輛（びりょう）ゆレール光りつ去る

などが極端な例です。チエホフもニイチェもその名を知っている人は多いでしょうが、亡くなった日を知っている人はほとんどいない。いたとしたら、その人はそうとうな物識りか二人に関心の強い人であるはずです。私も知りません。けれども、この二句は季節感の代りにチエホフ、ニイチェという人物の人となりとか業績といったものを連想させる力を持っていて、それがそれぞれの句に安定をあたえています。ある重みを加えています。そう感じないだろうか。

ついでに言えば、チエホフ忌もニイチェ忌もこの作者が初めて使ったもので、その後も歳時記に採用されていませんし、後続の作例も見あたらぬようですが、誰もこれを無季俳句とは言っていません。作者草田男は一方で「万緑」という季語も案出していますが、このほうは急激な勢いで拡がり、今はどの歳時記にも採用されています。万緑の作例はチエホフ忌やニイチェ忌とほぼ同時期ですが、一方は拡がり一方はそのままという両極端の現象が起こったわけです。これは、後続する人たちの使い易さと難しさの差であると私は思っています。チエホフ忌もニイチェ忌ももっと後の世になれば、歳時記に採用されるようになるだろうと思います。

これは特殊な例ですが、故人の忌日を季語としたものは、往々にして季節感のほとんどないものがあります。そのほかでも、季節感の乏しい季語とか、季節感を期待しない季語の使い方をした俳句はたくさんありますが、そういうばあいでも連想力、安定感はきっちりとはたらくのです。

季語は使いこなすもの

高浜虚子は『俳句への道』(岩波文庫)の中で、次のように述べています。

先づ季題一々の性質をよく吟味することである。

先人が如何にその季題をとり扱ったかをよく知ることである。

われ等は如何にその季題をとり扱ふべきであるかといふことを考ふべきである。

たいへんぶっきらぼうな書き方ですが、これは見事に、俳句作者の季語への対し方を示しています。さすがに虚子といった感じがします。

第一の、季語の性質の吟味、第二の、先人の対処のあり方、これを見るには歳時記という便利なものがあります。歳時記は今、ちょっとした書店なら何種類か並んでいますが、私は自宅で研究するための大型または中型版のものと、吟行やたえず携行するための小型、文庫本のものと二種類用意することを薦めます。とくに小型、文庫本のもの(『季寄せ』でもいい)は、鞄に、ハンドバッグに、ポケットに入れて持ち歩いて、ボロボロになるくらい使いこなすことが望ましい。そして、虚子のいうように、ある季語がどういう本意、性質のものであるか見きわめて頭に入れておくことが必要です。

もちろん、全部のそれを短時日に消化しきることは不可能でしょう。望ましい形は、自分で俳句をつくりながら、一つ一つ消化してゆくことですが、そうでなくても、とにかく、一年一年と少しずつ範囲を広げてゆくという粘りづよさが大切です。

歳時記には、季語の解説と一緒に、いくつかの例句が並んでいます。解説を読んだら例句のほうにも目を通して、解説と例句を同時に覚えこむということができればいいのですが、まあ、それは無理としても、「この季語はこういうことなのだな」「この季語はこんな感じで詠えばいいのだな」くらいのことは頭に入れておきたい。

私は「季語のはたらき如何が、一句の成否の五割以上を占めるのだ」と、周辺の人たちに言っています。それほどに、五・七・五という短い言葉の中で、季語のはたらき、つまり季節感、想像力、安定感の果たす役割は大きいのです。だから、今言ったていどの季語の勉強は、どうしてもちゃんとしておかなければいけない。たとえば、先人の俳句を読んでいて馴染みのない季語が出てきたら、すぐさま歳時記をひらいて調べるくらいの熱意、努力は欲しいものです。

虚子の言う第一、第二の点は、歳時記を今述べたような読み方をすれば勉強できます。問題は第三の点です。虚子の言う「われ等は如何に……」という〝われ等〟は、もちろん俳句作者全部を指しているはずですが、これは率直にいって、かなりベテランで質の高い人を対象にしていると思えます。なぜなら、ここには、先人の模倣でない独特の季語の使い方を考えてみなさい、そして独自の俳句をつくりなさい、といった意味がうしろにあると思えるからです。これを実行してうまくゆくのならいいが、句歴の浅いあなた方には無理です。基礎が出来ていないのだから独善的な作品になることは火を見るよりあきらか。そこでもうちょっと実践的なことを教えます。

それは、「季語にふりまわされるな。作者が季語を使いこなすようになれ」ということです。

次の句を見て下さい。

虹立ちて忽ち君の在る如し　　高浜　虛子
虹消えて忽ち君の無き如し
滝落ちて群青世界とどろけり　　水原秋桜子

虛子の虹の句は昭和十九年作ですが、これには「十月二十日。虹立つ。虹の橋かゝりたらば渡りて鎌倉に行かんといひし三国の愛子におくる。」の詞書があります。これで察せられるように、鎌倉から小諸へ疎開した虛子が、十月二十日、浅間山に虹のかかるのを見て、北陸三国港に病を養っている愛弟子森田愛子に贈った句です。七十翁とは思えぬみずみずしい抒情を感じさせる名句ですが、ここで注目したいのが「十月二十日」という日付。すでにご承知のように虹は夏の季語です。したがって、十月二十日の虹は正しくは秋の虹としなければなりません。しかるに、客観写生、花鳥諷詠を唱える虚子なのに、〝秋〟をすっぱり切って、ただ〝虹〟だけで使っている。すなわち、本来は秋の句になるところが夏の句になっているのです。

一方の秋桜子作は昭和二十九年四月十四日、那智に遊んだ折のものです。四月半ばといえば晩春、じっさい秋桜子もこの日は「古き温泉（ゆ）の昼はほぐるる楓（かえで）の芽」など春の句をたくさんつくっています。それが突然、那智の滝へくると、他のものはすべて拒絶して、夏の季語である滝だけで作品にしているのです。昭和の大家中の大家といわれる二人が、堂々とこういうことをやっているのです。これはどういうことを意味すると思いますか。

虚子も秋桜子も、季語にふりまわされず、逆に季語を自在に使いこなしているのです。虚子のばあい、虹は愛子の化身のように思えた。あるいは愛子は虹だと思った。それだから、秋という眼前の事実は消して、虹のいちばん虹らしい夏に設定したのだと思う。いや、そんなことより、季節にふりまわされずにただ愛子を詠いたかったのだと言うべきかもしれない。秋桜子もそうです。那智の滝そのもののもつなにかに深く惹かれていくうちに、滝と同化し、滝そのものになった。ほかに何もいらぬ。そんな境地から発した句と言えます。季物（きぶつ）を見つめつつ季を超越したとも言えるでしょう。

とにかく、俳句における季語の存在や役割をたいへん重視していた両大家が、そろってこうした使い方をしていることは注目に値します。が、驚いてはいけない。このくらいのことは、実力ある俳人ならたいてい経験があるのです。そして、それらの俳人たちは、季語にふりまわされるのではなく、季語を自由に使いこなすことをいつも考えているのです。

季語にふりまわされた例は、たとえば、

a　古草や馬に嚙まれし傷の跡

b　桜桃やまだおろおろと子に執す

といったものでしょう。a句は牧場の人か農業にかかわる人と思えます。以前馬に嚙まれた傷跡がいつまでも消えない。去年からの枯草の中に若草が萌え出るようになった今でも——という意。この季語がよくありません。古草は、若草に対して去年から枯草として残っているものですが、なんとなく「古傷」なんて言葉を連想しませんか。そうなると、ほら、人情浪花節的な臭味が出るでしょう。ここは素直に、

草萌や馬に嚙まれし傷の跡

でいい。

b句は、さくらんぼの置いてあるテーブルに坐って、母である作者は息子にいろいろと気を遣っているけれど、息子はそんな母に対して無愛想。けれども作者は息子におろおろしながらも執着しているのです。よくある母子の風景ですが、桜桃・さくらんぼが幼稚っぽいですね。もうちょっと家の雰囲気が出てくるような季語に換えてみたい。それに「執す」なんて言葉も苦しい。改作は、

蚊遣火（かやりび）やおろおろと子に従へる

です。

こういうふうに、季語を一つ置き換えるだけで一句の印象が大分変ります。情景、場面がガラッと変ってしまうことさえあります。季語のもつ力がつよいのだから当然ですが、こうした操作を嫌がる人がいます。極端な人は「邪道だ」などと言いますが、とんでもない間違いです。私たちは季語を大切にして俳句をつくります。しかし、季語と作者である私との関係は、季語が主で私が従ではありません。私が主で季語が従なのです。あくまでも私のために、私を表現するために季語の力を借りているのです。そこを間違ってはいけない。

それだから、「そこにこの季語があったから」とか、「この花しか咲いていなかった」などといって、季語に義理だてすることは全く無用です。そこにあったとしても、

それしかなかったとしても、自分がこれから表現しようとする内容にふさわしくなかったら、あるいは、よりよい季語が探しあてられたならば、遠慮なく換えてしまうのです。それが使いこなすということです。主は私、従は季語、この関係を崩したらいけない。そしてこの従者、ひじょうに有能だけれど、その能力を十分に生かしてやるのは、主人の勉強次第ということもお忘れなく。

切字の効用

俳句の代名詞「や・かな」

五・七・五と季語、これだけあれば俳句をつくるのに一応さしつかえありませんが、ここで忘れてならぬのは切字の存在です。

私などの若い時分、「あなたは〝や・かな〟をおやりだそうで……」などと年輩の人から訊かれたことがあります。「や・かな」とはもちろん切字のことですが、これが俳句の代名詞として通用していたのです。それほどに「や・かな」は俳句を象徴していたわけです。

しかし、大正末期から昭和初頭にかけて興った秋桜子・誓子に代表される俳句革新運動によって、この「や・かな」は極端に毛嫌いされ、片隅に追いやられたような結果になってしまいました。

秋桜子・誓子が「や・かな」を使わず、もっと豊かな俳句表現を求めようとした背景には、「や・かな」を安易に使いすぎて、俳句表現を固定化、類型化させ、俳句の動脈硬化的症状をもたらした当時の一般俳人の、切字に対する意識の低さ乏しさがありました。つまり「や・かな」を使って句作すればどうやらそれらしい姿はととのう、いわくありげでもある、そういったていどの使い方が蔓延していたことを見逃してはなりません。秋桜子・誓子の運動は、そうした風潮に対する強烈な革命であったと言えましょう。

けれども「や・かな」に代表される切字は、そう簡単に見捨てたり忘れられたりしていいものではありません。それどころか、もっとこの特質を生かした方法に目を向けぬと、俳句にはまた別の類型化や形骸化がはびこることにもなりかねぬのです。

切字を見直す

秋桜子・誓子の革新運動の真っ最中にも、「や・かな」排斥に眉をひそめた人がいました。石田波郷です。波郷は古典とくに「猿蓑」を研究し、「古典に還れ」と唱え、また韻文精神を鼓吹して、「なんでもいいから、〝や・かな〟を用いて俳句をつくれ」といった意味のことを、強く唱導しました。これは一部で「アナクロニズムだ」などと言われましたが、私は、当時にあってはなかなか勇気のある発言だったと思うし、かつまた先見の明があったと言ってよいと思います。

また、戦後間もない頃書かれた名著『挨拶と滑稽』の中で、山本健吉は、次のように述べています。

芭蕉は時に応じてはかならずしも切字の説に拘泥しなかつた。それにもかかはらず、「切字はたしかに入たるよし」とはつきり言つてゐるのである。切字によつて確かに切れるのが発句の本体だからである。切字を無視し、「や・かな」を忌避することによつて現代俳句は饒舌となり、句型の脆弱化を導いてゐることは争へぬ。それが結局俳句の抒情詩化・永言化となるのだ。「句意を豊ならしめる為に、句中に断止の音節を設け、意識の流動を中絶して見せる修辞」（能勢朝次氏）といふのは、一応の切字の定義である。だが「詩想断止の空白」は「最も活潑な詩情を醸し出す」手段には違ひないとしても、もつと重大な役割があることを悟らねばならぬ。さきに僕は、俳句において言葉の一つ一つは、安定した位置に、言はば「置かれる」のであると言つたが、切字も結局、如何に言葉がどつしりと「置かれた」かの検分なのだ。言葉の堅固感・安定感・重量感への支へなのだ。それは「句意を豊ならしめる」ためより「句意を確ならしめる」ため、さらに言へば遁れやすい思想を俳句様式にしつかり捉へ、定着させるためと言ふべきである。

いささか長い引用になりましたが、切字の性格、役割をこれ以上的確に喝破したものはないと私は信じているので、私が嚙みくだいて説明するより、原文に当ってもらいたいと考えたからです。よく味わって、切字の重要性を十分に認識してもらいたいものです。

こうした警世の名文があったにもかかわらず、俳句の散文化は進み、切字の重要性はあまり顧みられることなく今日に及んでいると言えます。これには、「や・かな」はもう古い、といった誤った観念が俳壇に流布していることも一因と思われます。「や・かな」が古いなんてとんでもない誤解です。かりに、百歩ゆずって古いとしても、「や・かな」を用いることは、古い・新しいの問題ではなく、俳句が俳句として自立するため、そして今後とも短詩型として生きてゆくために、絶対欠かすことのできぬものだということです。こうした認識を、このさいしっかり持ってもらわなくては困ります。

あるカルチャー教室で、いつかこういうことがありました。一人の受講生が、「あなたは切字の必要性を力説するけれど、自分が大新聞の俳句欄で統計をとってみたところ、たとえば〈や〉の使用率は四パーセントにすぎなかった。それでも切字は必要なのか」

という質問をしたのです。この見方、考え方は一見「なるほど」と思わせるけれど、私に言わせるとこれは本末転倒もはなはだしいのです。四パーセントという数字に即して言うならば、それほど低い使用率だから、「や・かな」をもう一度再認識しようというのが私の説くところなのです。それに、大新聞の俳句欄を最高のレベルと考えて基準にするのは、間違っています。まあ、さように切字が軽視されているのだという一つの例であります。

芭蕉は切字についていろいろ言っていますが、最も有名なのは「切字に用ふる時は、四十八字皆切字なり。用ひざる時は一字も切字なし」でしょう。これは、一句に切れを持つ意志の必要性を説いたもので、「切る」意志があれば四十八字すべてが切字となる、その意志を強く持てということです。

ここでは代表的な「や」「かな」に、もう一つ「けり」を加えて切字の重要性を見ていきたいと思います。

「や」のさまざま

玫瑰（はまなす）や今も沖には未来あり　　中村草田男

雁啼くやひとつ机に兄いもと　安住　敦
繭干すや農鳥岳にとはの雪　石橋辰之助
夜桜やうらわかき月本郷に　石田　波郷
この沢やいま大瑠璃のこゑひとつ　水原秋桜子
中年や独語おどろく冬の坂　西東　三鬼
落慶や雁にのりくる一菩薩　橋本　鶏二
売文や夜出て髭のあぶらむし　秋元不死男

「や」が上五に使われた例です。上五に使う例としては、ほかにも、

寒むや吾がかなしき妻を子にかへす　石田　波郷
睡しや妻枯園の雨川瀬めく
隠岐やいま木の芽をかこむ怒濤かな　加藤　楸邨

などがありますが、これは特殊な用法で未熟な人にはうまく消化できないでしょう。したがって番外として扱います。

　前掲八句のうち、前四句が季語についた「や」、後四句が季語以外の言葉についた「や」です。使われる頻度は前者がはるかに多く、季語以外の言葉に「や」をつけて

上五にするのは、案外難しいところがあります。それは「や」という切字のひびきがたいへん強いからで、季語ならばそのひびきの強さに耐えられるけれど、季語以外の言葉だと、どうしても言葉の意味が強く出すぎて、わざとらしさを感じさせてしまうからです。そんな感じが後の四句にもかすかに残っていると思いませんか。

しかし、八句とも「や」の前に置かれた言葉が、中七下五のもたらすイメージに影絵のようないろどりを添えています。それによって句が厚みをもち、ふっくらとした広がりをたたえていることがわかるでしょう。それは、かりに上五を「玫瑰に」「雁啼いて」「繭干して」「夜の桜」などと置きかえてみれば一目瞭然です。しかも今述べたようなことのほかに、一句にリズムが生まれ、句の姿もしゃんとすることが感じとれるはずです。

こんな素晴らしい武器を、古いなどと言って使わなかったら大きな損です。

淋しさにまた銅鑼打つや鹿火屋守　　原　石鼎
かりそめに燈籠置くや草の中　　飯田　蛇笏
ひつぱれる糸まつすぐや甲虫　　高野　素十
春更けて諸鳥啼くや雲の上　　前田　普羅
炎天の遠き帆やわがこころの帆　　山口　誓子

花衣ぬぐやまつはる紐いろ〳〵　杉田久女

中七に「や」が使われた例です。上五に「や」を使うのが俳句の典型と言えますが、中七の終りに使うと、いっそう古格を感じるようになります。それだけ古さを伴うせいか、今日では上五の「や」切れほどには多用されていません。しかし、さきにも言ったように古い新しいの問題ではないのです。どれほどしっかりした表現をするかが問題なのです。知ったかぶりの先輩の言うことなどに耳を藉さず、この型を十分に使いこなしてもらいたいと思います。

ところが、「や」の切字が中七の途中にはいると、様相が大分変ってきます。古いという印象が消えて、むしろ弾んだリズムが生きてきます。掲句中、後の二句がそれです。前例にならって、たとえば「遠き帆と」「ぬげば」などとしてみれば、優劣がはっきりすると思います。前の四句も、「また銅鑼を打つ」「燈籠を置く」「糸まつすぐに」「諸鳥の啼く」と置き換えて比較してみて下さい。

私は、現代の俳句がなにか脆弱なのは、この中七の切れがあまり使われなくなった、中七で切ろうという意志が弱くなったせいだと見ています。「や」切ればかりでなくいろいろな切り方がありますが、とにかく中七で切ろうという意志が一般に乏しい。それが重みの乏しい句をつくらせる結果になっていると思います。

俳句をつくろうと考えたら、まず上五で切ることを工夫する。それでうまくゆかぬばあいは中七で切ることを考える。それでも駄目なときは下五で切字を使うか、一句全体で切れることを工夫する。そんな決意を持ちたいものです。切る意志を持たず、リズムも考慮せず、ただ言葉を意味の順序に並べる作句法をつづけていたら、いつまでたっても上達はおぼつかないと知るべきです。

最後に、下五に「や」切れを用いた例は、

限りなく降る雪何をもたらすや　西東　三鬼
枯草原白猫何を尋めゆくや　石田　波郷
人ひとり簾の動き見てなぐさまんや　中村草田男
浅間かけて虹の立ちたる君知るや　高浜　虚子

などがあります。けれども、ここで使われている「や」と、これまでの上五または中七で使われた「や」とでは、いささか趣が異なります。それに用例も少ないので、今は、こういう使い方もあることを知っておくだけにとどめます。

「や」を使うのをためらうな

前にも言ったように、「や・かな」を使うのは古いつくり方という誤った観念が俳壇にあります。そのため、なるべく「や・かな」を使わずに一句を成そうと考えている人が多い。そんな例を二、三見てみましょう。

a　春愁の雲の低さに船汽笛

b　年のくれだるま船より女見て

c　もくれんの冬芽に夜の地震かすか

aは港の風景でしょう。作者はなにか心晴れぬおもいを持って港へやってきた。雲が低く垂れこめ、その雲にひびいて出船の汽笛が鳴ったという句意。ちょっと安っぽい映画の一齣のような句でありますが、それは措いて、問題は「春愁の」で軽い休止があって、中七の「雲の低さに」とつづくあたりにあります。「春愁の」のところで軽く切れているのですが、どうもその切れが確かでない。だから、どうしても「春愁の雲」と読まれてしまいます。ここはどうしたってハッキリと切れを入れたいところです。つまり、

春愁や雲の低さに船汽笛

という形。こう切ることによって、作者の晴れ晴れとせぬ心がまず打ち出され、そうした気分で眺めた雲と、耳に響いてきた汽笛の音がまぎれなく伝わってきます。「や」

と切ることによって句のリズムも引緊(ひきし)まります。「の」という軽い休止は、ちょっと見には綺麗でまろやかな印象をあたえますが、俳句らしさ、韻文らしさ、つまり切る意志の乏しさがあって迫力がありません。「まず、切ろうと思うこと」。これが勁(つよ)い俳句をつくるための前提条件と言えるのです（この句のばあい、「船汽笛」の未熟さにはひとまず目をつむりました）。

ｂは港湾、運河の風景。停泊しているだるま船から、女が年の暮の町を見ているところです。一読してわかることは、この句にはメリハリがないことです。意味のうえでは、上から順々に、（年のくれ）の（だるま船）の中（より）（女）が顔を出して外を（見て）いたという具合につながっているわけですが、意味が通じただけでは俳句は俳句として自立できません。リズムが必要です。それも読者にハッと眼を凝らさせるようなポイントを持ったリズムです。すなわちメリハリです。そうすると、この句は、

歳晩やだるま船より女出て

といった形にしたい。「年のくれ」も「歳晩」も同じような季語ですが、内容的にそう変らぬならば、ここは四音の歳晩を採用して、ぴしっと「や」切れを入れたい。そうして一句にアクセントをつけたら、下五の「女見て」もなまぬるいから、イメージ

として女の全身が見えるような「女出て」としたわけです。このへんの改作は、いわば気合いです。上五に「や」という強い切字が入って弾みがついたので、リズムの勢いからいっても、こうせざるを得なかったといえるのです。わかりますか……。

cは、中七の途中の「に」を「や」に変えるだけです。

もくれんの冬芽や夜の地震かすか

でいいのです。が、わずか一音を変えるだけですが、この一音のちがいの大きさは感じてくれなくては困ります。どうちがうか。

原句の「に」のばあい、読んですぐわかることは、b句以上にダラダラした感じをうけることです。もくれん・冬芽・夜・地震・かすか、こういった言葉が、の・に・のというてにをはで結ばれているにすぎない。一読して「俳句を一句読んだ」という快感が湧きません。内容はけっして悪くないのですが、読んだ印象は無味乾燥、全く損な詠い方と言わざるを得ません。

ところが、「に」を「や」に変えただけで今述べたような弱いところが補強され、一句に訴える力が出てきます。まず、「や」によって木蓮の冬芽の大きさが強調され、読み手のイメージが固定されます。そうした印象の後に、かすかな地震の揺れが過ぎてゆく感じになります。一句に強弱のアクセントがつき、リズムも快くなります。これらはみんな「に」に替った切字「や」の効果であります。切字畏るべしです。

以上わずかな例ですが、「や」の効果の大きさを知ってもらいたい。そして、作句にさいしては切る意志を強く持って、ためらわず積極的にまず「や」を使おうとしてみることをすすめます。「や」の効果を知ることによって、あなたの作句力に一段と幅が出ると信じて疑いません。

「かな」は沈黙の表現である

たとえば、次のような句を見ると私は、「せっかくいい材料がそろったのに、表現の饒舌でダメにしたな」と思って、まことに残念な気がします。

a　浜焚火ちぎれて暗き海ひびく

b　枯菊を束ね終りて夜空見る

初心の人たちに共通する欠点は、対象のあれもこれもを全部一句の中に抱えこもうとすることです。握ったらはなさない、出すのは舌でもイヤだという欲張りです。五・七・五という詩型は美しく強靭ですが、その美しさ強さを十分に発揮させるには、それなりに材料を整理してやることが必要です。どう考えても過剰な材料を押しつけて、さあ、これでどうかと言っても、五・七・五は言うことをきいてはくれない。

五・七・五の中でほどよく消化されて、韻文のリズムを美しく奏でられるようにしてやるには、材料過多による饒舌をつつしまねばなりません。つまり、省略することです。

省略の要諦は二つあります。その第一は、詠うポイントは何かをしっかり確認することです。ここをしっかりやらないといけません。そして、そのポイントがきまったら不必要な言葉をどしどし切って捨てるのです。このとき、未練がましい態度はやめて、一刀両断といった覚悟が大切です。そうして切り捨てたあとは切字によって補強するのです。うまくいけば、切り捨てたもの以上のあれこれを切字が連想させてくれるはずです。

その実際を、ａｂ二句によって試みてみましょう。

ａでは、「ちぎれて」と「ひびく」に問題があります。「ちぎれて」は焚火の火の秀（ほ）のことをそう言ったのでしょうが、ここはそうした末梢的なことよりも焚火全体の火を感じさせたほうが印象強くなります。焚火と（夜の）海の暗さの対比、そこにポイントをきめたい。そうなると「ひびく」もポイントからずれる言葉です。これは言外にひびかせたほうがいい。

それだけきめておいてから、残った「浜焚火」「暗き海」をどう扱うか、「や」切れを使えないかを検討してみます。が、「や」切れはどうやら使えそうもない。それは

「浜焚火」も「暗き海」も共に五音だからということもあるし、原句の、最初に浜焚火のあかるさを示し、後から海の暗さを出してくるという構成が悪くないということもある。まあ、そんなあれこれを案じた末に、

浜焚火あがりし海の暗さかな

と「かな」の切字を使うことにしたのです。「ちぎれて」が「あがりし」になって、焚火全体の火の手が見えてきました。その背景にひろがる暗い海。もう「ひびく」なんて言わなくても海の音を感じるでしょう。そればかりでなく、その暗さへ眼を凝らしている作者像が、ぐっと出てきたはず。それもこれもすべては「かな」のお蔭です。「かな」によって饒舌を抑えた、その効果と言うべきです。「かな」はこのように、言いたいことを抑え、言ったとき以上の広がりと深さを感じさせるのに有効な切字です。

b句、これは「枯菊を束ね終る」という一連の動作ですから、「枯菊や」と切るわけにはいきません。「枯菊を束ね終るや夜空見る」でも落着きが乏しい。これも「かな」の切字でやってみる。そうすると、

枯菊を束ねしあとの夜空かな

という形になった。改作の要点は二つ。まず「束ね終りて」は、ここがポイントでは

ないからこんなに丁寧に言う必要はないし、リズムも冗長感をともないます。簡潔に「束ねし」とし、「あとの」で作者の一息ついたような安堵感が出るようにしたもので、この安堵感が、次の美しい夜空を見たというポイントへつながります。そして「夜空かな」です。「かな」の持つ余情、余韻を確かめて下さい。とくに「夜空見る」と比べてもらいたいものです。沈黙の美、そうとでも呼びたいような素晴らしさが「かな」にあると思いませんか。

おもふさまふりてあがりし祭かな　久保田万太郎
桑の葉の照るに堪へゆく帰省かな　水原秋桜子
探梅のこころもとなき人数かな　後藤夜半
はからずも蜩鳴ける門火かな　篠田悌二郎
鳥のうちの鷹に生れし汝かな　橋本鶏二
喪の家の郁子にふれたるうなじかな　細川加賀

こうした「かな」を見て、古いなどと思う人がいたらむしろ可笑しい。そして、こんな美しい切字を片隅に埋もれさせておいては勿体ないと思うでしょう。ただ何度も言うように、「や」も「かな」も作者自身が切る意志を強く持ってこそ生きるということ、これを忘れないで下さい。この切字、便利で有効な手段ですから、どうしても惰性的に安易に使われやすいというところがある。それを要心しないと、ふたたび排斥運動が興らぬともかぎらないのです。

ここで重大な注意を一つ。

今まで述べてきたように、「や」も「かな」もひじょうに効果の強い切字です。したがって、一句の中にこの切字はどちらか一つだけしか使えない。私はしばしば「や・かな」という形で一緒にくくってきましたが、これは切字ないし俳句の代名詞として使ったものです。実作のばあい、一句の中に共存することは不可能で、もしそれをやると五・七・五がバラバラになってしまいます。くれぐれも注意して、「一句の中に〝や・かな〟を同居させないこと」をしっかり記憶して下さい。

「けり」は決断の切字である

「や」も「かな」も切る意志がないといけないことは、耳にタコができるほど言ってきましたが、「けり」もまた同様であります。いや、むしろ、「や・かな」以上の思い切りのよさがないと使いこなせぬと言えましょう。

おもしろい現象があります。私の担当しているカルチャー教室では、切字を軸にして俳句のつくり方を教えることにしていますが、ひととおりつくり方のわかった人たちに自由に作句させますと、「や」や「かな」を使ってつくる人は多いのですが、「けり」を使う人はきわめて少ないし、それを使った句も、どうもうまくない。「けり」を使いこなせないのです。とくに中年の婦人にこの傾向が強いようです。私は何ヵ所かでカルチャー教室を担当していますが、こうした傾向はそのすべてに共通しています。

これは、冒頭に掲げたように、「けり」が強くきびしい決断を必要とする切字であるからにほかならぬと思います。

くろがねの秋の風鈴鳴りにけり　飯田蛇笏
雉子（きじ）の眸（め）のかうかうとして売られけり　加藤楸邨
百姓と話して春を惜（お）しみけり　富安風生
蛇いでゝすぐに女人に会ひにけり　橋本多佳子
芥子（けし）咲けばまぬがれがたく病みにけり　松本たかし
大仏の冬日は山に移りけり　星野（ほしの）立子（たつこ）
かりそめに住みなす飾（かざり）かかりけり　阿波野青畝
滝音に荒ぶる蝶となりにけり　黒田（くろだ）杏子（ももこ）

「けり」の持つひびきは、潔く、きびしく、澄んでいます。そして、さわやかな余韻が残ります。ですから、何かをグジグジ言おうと考えたりしたら使えません。きっぱりと迷いを断って、この切字の特性にすべて委ねるという肚をくくった態度が要求されます。右の諸句、いずれも「けり」の特性が存分に発揮されていることを知るでしょう。

例によって、改作によって「けり」の使い方を見てみましょう。

a　昼蛙手拭の紺うすくなり

b　をんならの焚く火が余り楮釜

a句。のどかな昼、蛙の声がどこからか聞こえてくる。何かの用事で手拭いを使った。この手拭いの紺色はとても気に入っていたのだけれど、長いこと使ったのでその色も薄くなった、ちょっと惜しいな、といった意。日常のさりげないことがらですが、ささやかながら作者の気持が通っていて結構です。が、「うすくなり」がいけない。ここが情けない。作者としては、手拭いの使いはじめから今に至るまでの、紺色あざやかなときからだんだんと褪せてゆく、その過程を言いたかったのでしょうが、未練がましい表現です。俳句ではだいたい過程を詠おうとしないほうがいい。過程を詠うと俳句は脆く弱くなります。現在只今のところをしっかり見つめて詠う。そうすれば過程はおのずから感じられてくるのです。それに、現在只今を見つめることは（過程を断って見ることは）、切字の性格と結びつくのです。そういった意味で、

昼 蛙 手 拭 の 紺 ぅ す れ け り

と改作しました。ピリッとして潔さが出たと思います。

b句。このていどに出来るのですから、この作者、全くの初心ではないことがわかります。ただ全体になんとなくアイマイで鋭さが乏しいのが欠点です。紙漉場（かみすき）風景で、楮釜の火を焚くのは女たちの役割で、勢いよく燃える火の焔が、釜のまわりにあふれているのでしょう。

この詠い方では、もっと「楮釜」に焦点を絞ることが必要です。今のままでは釜の焔が見えてきません。それからまた、「をんなら」と複数にしたのも全体をぼやけさせた一因です。そういった点を勘案して、

楮 釜 を ん な の 焚 く 火 あ ふ れ け り

としました。「焚く火が余り」では弱いが、こうすれば「けり」の効果を得て火勢が見えてきます。持ってまわった表現が直截（ちょくせつ）な表現になり、句がしゃんとしたと思います。

「けり」という切字は、俳句革新運動のときにも「や・かな」のようには毛嫌いされませんでした。「けり」は使い方できわめて清新な風韻をもたらすからでしょう。

また、「けり」も「かな」と同じように、かつては「や」と併用することをタブー視されていました。しかし、

去来忌やその為人拝みけり　高浜　虚子

降る雪や明治は遠くなりにけり　中村草田男

茶を買ふや麻布も暑くなりにけり

松籟や秋刀魚の秋も了りけり　石田　波郷

などによって「や・かな」ほどに戒められることはなくなりました。しかし、問題全くなしとは言えません。乱用はつつしみたいものです。

むすび――俳句の基本型

俳句の原型をマスターせよ

五・七・五という形式、季語の必要性とはたらき、切字という俳句独特の手段。以上を順を追って見てきました。私が「俳句は型である」というとき、この三つを綜合

し、かつ相乗効果を思ったうえでの「型」であって、これらのはたらきが一つ一つ孤立したものではないことを知って下さい。そこで私は、俳句の最も典型と思われる型をここに挙げてみようと思います。

秋風や伊予へ流るる潮の音　　正岡　子規
行春や畳んで古き恋衣　　高浜　虚子
螢火や山のやうなる百姓家　　富安　風生
行雁や雨に落ちつく銀座の灯　　渡辺　水巴
初凪や千鳥にまじる石たたき　　島村　元
春暁やひとこそ知らね木々の雨　　日野　草城
鶯や雲押し移る雲母越　　水原秋桜子
極寒や顔の真上の白根嶽　　飯田　龍太
新緑や人の少き貴船村　　波多野爽波
冬薔薇や賞与劣りし一詩人　　草間　時彦

この十句、共通点が二つあります。第一は、上五に季語がはいっていて「や」切れになっていること。第二は下五が体言（名詞）止めになっていることです。

つまり、これをわかりやすく図にすると、

上五	中七	下五
季語や		名詞

という形になります。さらにもう一つ眼につく点を挙げれば、中七と下五は一括りのフレーズになっていて、しかも上五の季語とは別趣の情景を描いているということです。そして、とくに大切なことは、中七の言葉はすべて下五の名詞のことを指している点です。

確認するために、これまでのことを箇条書にしてみましょう。

①上五に季語があって「や」切れになっている。
②下五には名詞が置かれてある。
③中七下五は一つながりのフレーズである。
④中七下五は、上五の季語とかかわりない内容である。
⑤中七の言葉は下五の名詞のことを言っている。

このうち、④についてすこし説明します。

中七下五のフレーズが、上五の季語にふれないという手法は、もちろん戦前から行われていましたが、戦後になって多用されたものです。以前は（今も用いられていますが）、上五に季語を入れて「や」で切ったあと、中七下五でもう一度季語のことを言うやり方がひんぱんに行われていました。

山吹や花散りつくす水の上　　正岡子規
流燈（りゅうとう）や一つにはかにさかのぼる　　飯田蛇笏
白藤や揺りやみしかばうすみどり　　芝（しば）不器男（ふきお）
木蓮（もくれん）や数へやめたる花の数　　島村　元
囀（さえずり）や絶えず二三羽こぼれ飛び　　高浜虚子

こんな具合です。「や」切れの効果を巧みに生かしながら、季語であるところの山吹なり流燈なりの本質をしっかりとらえた詠い方を見せています。これはこれで切字「や」の使い方を示しているのです。ただ、この方法だとどうしても詠う範囲が狭くなるので、その分だけ観察の独自性や深さが要求されてきます。そうでないばあいは、類想類型になりやすいということになるわけです。

一方、私が図示し説明したつくり方は、配合、取り合わせ、二句一章（にくいっしょう）、二物衝撃（にぶつしょうげき）などという方法で、たとえば季語をA、その他のフレーズをBとして、ABの組み合わせ、あるいはぶつかり合いによってイメージを構成しようというものです。

螢火や山のやうなる百姓家　富安　風生

この句では季語「螢火」をA、「山のやうなる」以下をBとします。夜の闇の中に、農家の大きな藁葺きの建物がそびえるように見えています。それが夜の闇をいっそう濃くしているようにも思えます。その闇の中、明滅をくりかえしながら螢が飛び交っている風景ですが、小さなひかりの螢火と、大きな闇の百姓家とがほどよく配合されていて、なつかしい夏の田園風景が連想されてきます。もう一句、

冬薔薇や賞与劣りし一詩人　草間　時彦

はどうか。これは前句とちがって人事・生活の句です。この下五「一詩人」すなわち作者とみていいでしょう。作者が年末のボーナスを貰ったときのおもいを詠ったもので、同僚より支給額が少なかったとしか言っていませんが、「一詩人」と置かれた以上は、この言葉が含みを持っています。そのへんを根掘り葉掘りにしないほうがいいのですが、話をわかりやすくするためあえて言えば、「俳句に熱中したりしていることが、どうやら上司の気に入らなかったらしい」といったふうな心のうごきが感じられるのです。Aはそのときオフィスのどこかに飾られていたものです。Bに感じられる作者の心理が、Aに映発されてさらに深まり、複雑な連想を広げてゆくようです。

以上で大体の勘をつかんでもらえたでしょうか。ここは本書で私の言いたい大きなポイントの一つでありますから、くりかえし読んで十分に納得してもらいたいと思います。

さて、今述べてきた型を、私は俳句の原型あるいは典型と考えています。ですから、この典型どおりのつくり方を自分のものにしてしまえば、俳句の基本が身についたとしても過言ではないのです。とにかく、この型を自分のものにするための努力をつづけることです。全力でぶつかって下さい。この型で百句二百句つくってみる。十句二十句つくって、「ああ、もうわかった」ではダメ。そのくらいでは絶対にわかるはずがないのです。身体の芯まで沁みこみません。すこし厭き厭きしてもなおかつつづけていくうちに、きっと何かを感じるはずです。周囲から千篇一律と言われようがマンネリと言われようが、とにかくつづけていくことです。

原型の変化型

が、そうは言っても、多少の変化もなければ作句への興味が湧かぬでしょうから、いくつかの変化を紹介しておきます。併せて学びとって欲しいものです。

郭公やどこまでゆかば人に逢はむ　臼田亜浪

をだまきや仔馬のひづめやはらかに　加藤かけい
七夕や髪ぬれしまま人に逢ふ　橋本多佳子
たんぽぽや日はいつまでも大空に　中村汀女
豊年や切手をのせて舌甘し　秋元不死男
うぐひすや坂また坂に息みだれ　馬場移公子
白露や一詩生れて何か消ゆ　上田五千石
雪嶺や田にまだ何もはじまらず　森　澄雄
玉虫や没き子のもの家に減る　能村登四郎
寒晴やあはれ舞妓の背の高き　飯島　晴子

いずれも下五が変化しています。しかし、中七下五のフレーズは上五の季語とかかわっていないという点は変りありませんね。この鉄則、忘れてはいけない。

私が型にこだわって、これまで縷々述べてきたのは、「俳句は型である」ことを信じて疑わないからです。型を軽視したら俳句は脆くなる。弱くなる。そういう自覚がないと、結局はいい俳句がつくれません。

如上の典型を修練するさいにも、「どうもうまくゆかぬ」と思案投首することが何度もやってくると思います。が、それでもなんとか型に押し込む努力をして下さい。

日本語というのは今あなたが考えているよりよほど便利な言語です。努力して型とたたかっているうちに、使い忘れていた抽斗（ひきだし）が開いて、自分で考えてもみなかった言葉がいくつも飛び出してくるでしょう。そして、思いがけぬ一句がつくれるかもしれません。そのとき、あなたは、きっとこの典型の美しさ、ひいては俳句の素晴らしさを知るはずです。

さらにまた、この典型（基本）をしっかり身につけていれば、今後さまざまな応用・変化を用いていって、ある日ふと壁に突きあたりスランプに陥ったようなとき、もう一度原点に戻って別の進路を探求することができます。そうです、典型は原点でもあるのです。

さあ、今からでもすぐ、典型の修練をはじめようではありませんか。

実践篇1

実作のポイント

これから実践篇にはいります。ここには、ひとくちに言って「こう詠ったらうまくいく」「こう詠うと失敗する」ということが述べてあります。いちおう番号をふって並べてありますが、番号通り読まなくても結構です。気の向いたところから一項ずつ読んで、しっかり身につけて下さい。各項はそれぞれ独立していると同時に、それぞれがまた微妙にかかわり合っています。そのことも頭に入れておいて下さい。

1　気どりのポーズをなくす

俳句をつくろうとするとき、誰しも、「さあ、これから作句するんだ」と、ちょっと意気込んだ気持になる。これは必要なことです。私たちの日常生活はたいへん散文的ですから、それをそのまま作句に持ち込んでもいい句はできません。「これから作句するんだ」という一種の緊張感によって、散文の世界から韻文の世界へ変身をはかる必要があります。

けれども、それだからといって、自分をそれらしく見せようと思ったり、気どった気分になったりしたら自分の俳句はつくれません。なるべく肩の力をぬいて、ごく平常の自分であるよう努めたい。発想にも言葉の撰択にも、背のびしてことさらのポーズを示そうとしないことが大切です。

信濃路の旅を偲(しの)びて春(はる)炬(ご)燵(たつ)

この句には二つ、よそ行きのポーズが見られます。「信濃路」と「偲びて」がそれです。

固有名詞をどう使うかの要領は（実践篇2）の中に書いてありますから、それを参照して下さい。それとは別に、初学の頃は、どうも「○○路」「△△路」と「路」を付けたがる傾向がつよい。木曾路、丹波路、大和路、飛騨路など旧国名に付けたものは、使いようによってまあまあの句になるばあいもあるけれど、最近は、草津路、有馬路など温泉場に付けたのや、天城路、鈴鹿路など山に付けたもの、ひどいのは栃木路、宮城路など県名にまで付けたのが現われています。これはきっと、観光ポスターの影響でしょうが、そんな言葉を「素敵ないい言葉」などと思ってはいけない。「信濃路」も使い方如何ですが、「路」があるためムードっぽいアイマイ語になっています。それより、はっきりと安曇野とか戸隠、伊那谷などとしたほうが印象が鮮明になります。

それよりもっといけないのが「偲びて」です。この言葉、よほど初学の人が好きとみえて、「旅を偲ぶ」「友を偲ぶ」「書を偲ぶ」みんな偲んじゃうのですね。これは平常の自分を忘れているか、または美化しようとしているからです。

たとえば、こんな会話を想像してごらんなさい。

娘「お母さん、今なにをなさっているの」

母「私はね、信濃路の旅を偲んでいるのよ」

まさに噴飯もの。日常の会話でこの調子がつづいたら、頭がおかしいと思われますが、いざ俳句になると、このテが実に多いのです。

月影の小路(こみち)を辿(たど)り踊見に

長旅の荷にしのばせて風邪薬(かぜぐすり)

見知らねど岸辺に立てば小さき秋

人影が春の足音待つ窓辺

月影、人影、鳥影のように「影」を使って美化した言葉、窓辺、岸辺、海辺のように「辺」を使ったのも同様です。それから「小さい秋」「春の足音」「ビルの谷間」なども雑誌、新聞の写真解説などによく見られますが、詩語としては陳腐でまったく使いものになりません。

私は数年前、ある地方の句会で五十代の男性から、

「自分は昔の高等小学校しか出ていない。それで俳句がつくれるか」

との質問をうけたことがあります。俳句をつくるにはいろいろの知識が必要で、たくさんの難しい言葉も知っていなければいけないと、その人は思いこんでいたようです。たしかに知識教養もあり語彙も豊富であるにこしたことはありません。けれども、俳句をつくらせたらそういう人のほうが高小卒の人より上手かというと、けっしてそうではないのです。私の彼に対する答えは次のようなものでした。

「高小卒でも小卒だけでも俳句はつくれます。ふだんの自分のあり方、ふだん自分の使っている言葉を大事にしてつくればいい。あとは努力。難しい言葉があっても努力さえ忘れなかったら、みんな自分の言葉になってくれます」

この考え方、今でも変っていません。俳句は自分が使いこなした言葉で詠うのが一番いい。そうでないと自分がどこかへ行ってしまった俳句になってしまいます。前掲句を見ればそれがよく理解できるでしょう。みんな歯の浮くような言葉で、かえってうす気味悪いと思いませんか。

こんなことになるのは、最初言ったように、自分を美化し気どったポーズをとろうとするからです。そうして、美辞麗句で言葉をつづろうとするからです。その根底に

は、ひょっとしたら「俳句はわびとかさびといったことが大切だから、自分も芭蕉さんには及ばぬけれど、ちょっとそんなところを見せようか」などといった気持があるかもしれません。もうわびもさびも忘れてよろしい。そんなことよりも、

音響に全身任せ卒業子　天地わたる
水たまり跳べり立夏の街あざやか　芦立多美子
ふくろふの鳴くやきりきり抱かれたし　池田萌
夢持てり蛙の卵きらきらと　島田みづ代
セロファンの音も皺くちやクリスマス　矢口晃
きりぎりすひとの記憶に吾がゐる　関田雅夫
恋文の送信二秒樟若葉　長岡美帆

といったような、ふつうの言葉で自分や自分の身辺を詠ったほうが、ずっと力があるのです。ここに挙げた作者たちは、俳壇的にはまだ無名といっていいでしょう。けれども、背伸びも美化もわび・さびも考えず、しかし自分の感じたこと、見たことは大切に詠っています。私は、こうしたポーズのない詠い方ができるようになったとき、その作者の初学期は終ったと判定しています。

2　陳腐なものは陳腐

毎月たくさんの俳句を見ていると、「今どき、どうしてこんな陳腐な材料に心が向くのだろう」と、いささからんざりすることがあります。それからまた、材料のほうはまあまあであるけれど、「どうしてこんな常識的な見方しかできないのだろう」と、これまたうんざりすることが少なくないのです。

俳句をつくることは、しばしば料理法にたとえられることがあります。「いくらいい腕の板前でも、材料が悪かったら美味しい料理はつくれない。まず材料をよく吟味することが大切だ」などと言われます。まったくその通りなのですが、それを聞いても、すぐ忘れてしまう人が多いらしい。すこしも反省しないばかりか、いよいよ陳腐な材料へのめり込んでしまうようです。

このあいだ、ある綜合誌の選をしましたら、驚いたことに、十句に一句は次のような材料を扱ったものでした。

涼風や大注連縄の石鳥居
剝落のびんづる様を毛虫這ふ

不動尊滝に向いて怒りをり
石地蔵青田に何を祈るかや
山門の仁王の前の蟻地獄
苔茂る石碑の文字をたどり読む
句碑あはれ夏草伸びて蟻のぼる

見て下さい、この陳腐の行列。よくもまあこんな黴(かび)の生えたような材料を、「何とかしよう」という気になるものだと思いませんか。この作者たちはきっと、「俳句はこういう材料を詠うに適したものだ」と勝手にきめこんでいるにちがいない。もしそうだとしたら、とんでもない誤解と言わざるを得ません。

今はどこの市町村にも立派な公民館や集会所ができましたから、俳句会の会場はそういうところが使われるようになったけれど、戦前は神社の社務所や寺や個人の家が主たる会場でした。そのせいかどうか、以前は神社仏閣の句は実に多く詠われたのですが、会場が近代的な建物にかわってもこの類の句は跡を絶ちません。

もっとも、吟行会の幹事さんなども考え方を変えないといけませんね。吟行というと、たいていナントカ寺が目的地に選ばれる。すると、初学の俳句作者は正直ですから、ナントカ寺でどうしても作句しないといけないと思いこんでしまう。そういう結果が、仁王だの水子地蔵だの苔むした石碑だのになってしまうわけです。私は、「ふだん、お寺などへ行ったことのない人が、俳句だというとお寺へ行く。そんなことはやめなさい」と言いますし、吟行会も、お寺へ行くより、「何郡何々村字何々の麦畑などへ行ったほうがよっぽど楽しいでしょ」と言っています。

神社や寺が生活の中心にあった時代は過去のものとなりました。今でも一部の市町村ではそういう地域もあるでしょうが、戦後の一般的な傾向として神様仏様がわれわれの生活にかかわってくるのは、初詣とか祭礼とか、盂蘭盆（うらぼん）、法事といった時くらいのはずです。そういう時ならもちろん作句していい。けれど、なんの用事もないのに、弁当を持ってお寺へ俳句をつくりに行かなくとも、私たちの毎日毎日の生活の中にいくらでも詩因がある。すくなくとも陳腐ならざる材料、詩因を探しだすことが可能だと言えるのです。陳腐な材料はどう添削しても陳腐です。そして、私たちは明治、大正期の俳句作者じゃない。二十一世紀を目の前にした時代を生きている俳句作者だ、ということを忘れてはなりません。そういう時代にふさわしい材料を見つけだそう、そんな意欲が必要なのです。

陳腐ということでは、もう一つ、ものの見方、発想の陳腐ということもあります。

帰省子（きせいし）をかこみ家族の声はづむ

向日葵（ひまわり）の花のまぶしき昼さがり
寒月や路地の足音ひびくなり
訃報（ふほう）来て心せくなり梅日和
寄鍋（よせなべ）や湯気の向うの友の顔

これらがその例です。帰省で帰ってきた青年を囲んで家族団欒（だんらん）する、夏の昼さがりの向日葵のまぶしさ、訃報が来たので心急（せ）く、みんな常識です。常識は言葉にしてもなんの役にも立ちません。詩ではありません。が、こういう常識を、これでもか、これでもかと句の中に持ち込んでくる人が多い。心して下さい。「常識を句の中に持ち込んでも、陳腐になるばかりである」と。

寒月と寄鍋の句は、おびただしい類想によって陳腐化した例です。寒い冬の夜、足音がやけにひびくように感じるというのは、前の常識組よりはましなんですが、ただ、あまりにも同じところを同じような形で詠われすぎました。寄鍋もそうです。どういうわけか、みんな「湯気の向う」であり「友の顔」であります。夫の顔、妻の顔は不思議と出てきません（もっとも夫や妻の顔が出ても大同小異ですが）。私は毎年ひと冬に、「湯気の向うの友の顔」を十句以上も目にします。それほど多いのです。

これはその一例ですが、似たような例はほかにも少なくありません。では、それらをどう見分けるのかというと、これは句会へ積極的に出て感じとっていくほかありません。句会に出れば、指導者や先輩が「類想の多い句だ」などと指摘してくれるでしょうし、そうでなくても、同じ時期、同じ発想の句をいくつか見て、自分で感ずることができるようになります。俳句雑誌の投句欄では、活字になる前に選者がたいてい落してしまいますから、目にふれることはほとんどないでしょう。こうしたことからも、俳句は、ゆっくり年数をかけて理解されてくるものだということが感じられるのではないだろうか。

もとへもどって陳腐を避けて通るには、俳句という表現型式を、古くさいものだときめこまぬこと、これに尽きると思います。そして、自分の眼、自分の感じたこと、自分の表現を心がけることが、新鮮な作品を成すことにつながるということ、これを忘れてはなりません。

3　省略は佳句の出発点

私の経験を言うと、俳句をはじめたばかりの頃は、五・七・五が短くてしようがないといつも思っていました。あと七・七あればなんとかなる、そう考えながら短歌を羨(うらや)ましいと見ていました。それでも短歌に走らず俳句にとどまったのは、七・七を伴わぬ、ただ五・七・五だけの詩型が魅力的であったからです。それから四十余年、今は五・七・五を長いと思うことはあっても、短いと歎くことはまったくありません。

作句のはじめの頃は、五・七・五の中でどうしても喋ろうとします。喋ろうとしなくてもたくさんの材料を持ちこんで「これはみんな必要の品だ」と思いこんでしまいます。それをなんでもかんでもぎゅうぎゅう詰めにしようと苦心します。どうやら一句できます。が、傍から見ると支離滅裂、惨憺たる結果に終っているのです。

a　行く春や羽きらめかす孔雀の飢ゑ

b　晩婚の家系や空蟬が抱きし墓碑

c　売られる鸚鵡怒鳴り爆忌の百貨店

a句。行く春、羽、飢えとバラバラの状態です。もし「行く春」と「孔雀の羽」だけだったら、バラバラがなくなりある統一感が出てきます。行く春の情感と孔雀のきらびやかな羽との二物衝撃によって、ある世界を表現することが可能です。またどうしても孔雀の「飢ゑ」を言いたければ、羽のきらめきは切り捨てていい。作者の中で、詠うポイントがまだしっかりつかめていないうちに言葉をそろえようとすると、こういうことになります。ここで、どっちを切り捨てるかの覚悟をきめ、残したほうを深く見つめるのです。でも、bc句と比べればこの句はまだ罪の軽いほうです。

b句。見てすぐわかることは中七の字余り、それに「空蟬が抱きし墓碑」。なんですか、空蟬のような小さなものが大きな墓碑を「抱く」というのは——。こういうのを意欲的な表現だと誤解している作者が少なくありません。無理はあくまでも無理、もっとふつうに素直に言うべきです。それから、「晩婚の家系」というのも説明です。おそらく作者もそうなのでしょうから、ご先祖様にはこのさいご遠慮を願って、作者自身のこととして詠う必要があります。「墓碑」もただ「墓」でよろしい。こうやって刈りこんでいけば残るのは、晩婚、空蟬、墓です。これなら大分すっきりします。で、

晩婚や空蟬すがる父祖の墓

というところでしょう。刈りこんだお蔭で、一度引っこんでいただいたご先祖様も再登場、これで浮かばれました。

c句。これは重症です。悪いところばかりで良いところは一つもありません。でも、そうとばかりも言っていられませんから、一つ一つ治療することにしましょう。

まず、「怒鳴り」。鸚鵡の声をこういったのでしょうが、あれは怒鳴ってるんじゃないですね。次が「爆忌」。この乱暴、無神経には驚きました。原爆忌をこう言っていいのなら芭蕉忌は蕉忌、一茶忌は茶忌です。そんなことはないでしょう。この作者は、

こういった言葉の基本的認識を改めるところから始めぬといけないのですが、まあ先へ進みます。あとは「売られる」「百貨店」が残りました。けれども二つを共に残す必要はない。私なら「百貨店」を切り捨てます。すると、残ったのは「売られる鸚鵡」「原爆忌」です。こうなったら鸚鵡を徹底マークです。姿か、声か、どこを狙うか。作者が怒鳴るといった声のほうを採って、結局、

原爆忌鋭(と)声(ごえ)の鸚鵡売られけり

としました。原句と比較してみて下さい。まるで温泉へ行って散髪したようなスッキリぶりではありませんか。

以上述べたことを中心に、省略の要領をわかりやすく箇条書にしてみると、

①俳句は短いという意識をつよく持つこと。
②俳句の中で喋ろう語ろうとしないこと。
③自分の感動したところにポイントを絞ること。
④ポイントを絞ったら、不必要な素材を切り捨てること。
⑤切り捨てたものに未練を持たず、残ったものをよく観察すること。
⑥その後でゆっくり言葉を選ぶこと。

ということになります。

ひどい句を見ましたから、口直しに省略の見事な作をいくつか挙げてみます。

流れ行く大根の葉の早さかな　高浜虚子
夫と子をふつつり忘れ懐手　中村汀女
土堤を外れ枯野の犬となりゆけり　山口誓子
春蘭の花とりすつる雲の中　飯田蛇笏
うしろより初雪ふれり夜の町　前田普羅
ふるさとや馬追鳴ける風の中　水原秋桜子
老の掌をひらけばありし木の実かな　後藤夜半

どれもすっきりとしていて、五・七・五にも言葉にも余計な負担をかけていません。短いからといって詩型を窮屈にしたり、言葉を酷使してはなりません。省略をきちんとしておけば、切り捨てた素材はより多くの連想をともなって、表現のうしろから語りかけてくれるのです。

私は、配合の俳句では「季語と別のものもう一つだけあればよい」と言っています。省略は佳句への出発点でもあるのです。

4　今を描写する

私が「馬酔木（あしび）」で編集をしていた時分、先代編集長の石田波郷が、「秋桜子先生はホトトギスを否定したけれど、写生は否定していない」と言ったことがあります。「馬酔木」は抒情性が重んじられ、そういう点での卓（すぐ）れた作品が多く見られましたが、一方では描写力の不足が目立っていました。秋桜子が袂（たもと）を分かった「ホトトギス」は、虚子の唱導する客観写生を標榜していたため、虚子＝写生という早合点が「馬酔木」の中にあったようです。波郷はそれを指摘したわけです。

写生は俳句の基本です。それが目的ではなく、卓れた俳句をつくるための手段として写生を大切にしなければなりません。単に「ホトトギス」という俳誌だけの旗じるしでなく、すくなくとも有季定型の俳句をつくろうとするならば、写生を無視してはならぬと信じています。しかし、写生という言葉は子規以来、その定義が変転し、とくに「ホトトギス」にあってはだんだんと狭義のものになったきらいがあります。そこで、ここでは写生に代えて、わかりやすい描写という言葉を使うことにします。

描写の必要性についてここであれこれ述べる余裕がないのですが、ひとくちで言うとするならば、「描写力の弱い一流俳人はいない」ということです。

春夕べ襖に手かけ母来給ふ　石田波郷

自宅で清瀬の診療所へはいる日を待っていた波郷を、遠くはるばる松山から、老母が見舞いに来たときの句です。「襖に手かけ」がまことに見事な描写です。たった今、そこの襖を開けてはいってきた老母の挙措が目に見えるようです。まさに活写です。

吾子二人避けあひ走る藤の廊　中村草田男

この句も中七の「避けあひ走る」が素晴らしい。藤棚の影のくる廊下で二人の子供が行き違いながら走っている風景。そういえば私なども子供のころ、同じようにして遊んだことがあって懐しいのですが、「避けあひ」は目の前で今それを見ているような気分にひきこまれます。

膝に来て模様に満ちて春着の子　中村草田男

正月、春着を着た小さな女の子が、父である作者に甘えて、あぐらをかいたその膝に来て坐ります。その印象をすかさずとらえたのです。「模様に満ちて」ですべてが現われます。目の前にはなやかな色彩がパッとひろがるのを、誰しも感じるはずです。

滝(たき)の上(うえ)に水現(あらわ)れて落ちにけり　後藤　夜半

人事ばかりでなく風景を詠うにも描写は欠かせません。夜半はこの一句だけでも後世に遺る俳人になった、それくらいの句です。上五（たきのうえに）と六音に読ませる字余りが、今まさに落ちようとする水の動きをとらえ、あとはどうと落ちる水勢を感じさせます。一句十七音すべて描写と言っていい句ですが、一句から享(う)けるものは描写そのものでないことは、言うまでもないでしょう。

蜘蛛(くも)の子のみな足もちて散りにけり　富安　風生

「みな足もちて」とはなんと絶妙な言葉であることか。蜘蛛の子を散らすというたとえがあるけれど、まさにそれです。こうした言葉は、空想で作句していたらけっして出てくるものではありません。あくまでも今、眼前する対象をしっかり見すえ、そうした凝視の末に、ふと天啓のようにうまれ出る言葉です。

ひつぱれる糸まつすぐや甲虫(かぶとむし)　高野　素十

甲虫が逃がれようとして、結ばれた糸をピンと張った状態、と説明しなくても一読すぐわかります。それほどに、作者の詠おうとしたものと読者の享けとめたものとが、一分の隙もなく一致しているのは、いっさいの夾雑物（きょうざつぶつ）を排してひたすら描写しているからです。それによって、作者の見たものが時間を超えて読者のイメージに現前するのです。

以上の六句で描写の素晴らしさがわかったでしょうか。私はしばしば「今」とか「眼前」という言葉を用いました。そうです。描写するということは、今のひらめきをとらえることなのです。対象を見つめるうちに、なにかハッと感じたものをつかまえるのです。けっして時間の経過とか、お話の一部始終を述べるものではない。

大根とかハムを想像して下さい。大根の長さをかりに時間の流れとすると、俳句はその長さを詠うものではなく、包丁でスパッと切ったその切り口（空間）を詠うものです。短歌は俳句より十四音多い型式です。だから大根の長さ（時間）を詠ってもさしつかえありません。むしろ、そのほうが適している型式です。しかし、俳句は短い。短い俳句が短歌と同じことをやっていたら、短歌に遠く及ばぬ型式となって廃れてしまうにちがいない。それだから、俳句はひたすら空間を詠うのです。それにはどうしても描写の力が必要なわけであります。

前項で私は「省略」のことにふれました。また、本書の中ではしきりに「ものを言うな」「喋ろうとするな」と強調していますが、それは言葉を換えて、「時間を詠うな、空間を詠え」と言ってもいいのです。大根の切り口だけを考えていたら、省略もうまくいくはずだし、喋らなくてもすむようになる。すべてがうまくいくように進みます。けれども、この大事なところがなかなか理解できぬらしく、時間のほうへ時間のほうへという詠い方になってしまうんですね。私は、「俳句は空間でとらえるものだ」という自覚の生じた作者は、もう放っておいても大丈夫、いや、すでに一本立ちしたと言える、と思っています。

久方の母の煮物や春の風邪
地震過ぎて鰹入荷の昼さがり
酸化する夏安売りの缶ジュース
行商の声高にくる年の暮
摘みてきて炊くすべ知らぬ土筆飯

いずれも初学作者の作ですが、時間を気にした詠い方になっているのがわかるでしょう。したがって、ここぞというポイントもなく、描写も見られません。自分の句と見くらべて、さてどんな感想を持つでしょうか。

もう一度、念を押します。「今を見つめて描写しよう」と。

5　季語は離して使う

春四月、入学期。いま盛況のカルチャー教室にも新しく新受講生がはいってきます。ある年の四月、私は担当するカルチャー教室で次のようなことを試みてみました。

以前、よく使われたフレーズに「この土手に登るべからず　警視庁」というのがあります。これは奇しくも十七音になっているので、なにかというと俳句のひきあいに出されるのですが、私もこれを使って、「警視庁」を除ってここに季語を入れるとしたら何を入れるか、と質問してみたのです。もっとも、おびただしい季語の中から選ぶというのは受講者が戸惑いますから、あらかじめ、春の季語の、

蕗の薹　春の雲　卒業歌　啄木忌

の四つを用意しておきました。つまり、

この土手に登るべからず蕗の薹
この土手に登るべからず春の雲
この土手に登るべからず卒業歌
この土手に登るべからず啄木忌

の四句のうち、「どの季語を付けた句をいいと思うか」と訊いてみたわけです。あなたならどれを採りますか。

受講者の答えは「春の雲」が圧倒的に多く、つづいて「蕗の薹」。あとの「卒業歌」と「啄木忌」はきわめて少数でした。

「春の雲」が一番多かったというのは、もちろん一番理解しやすいからでしょう。土手の下の道を歩いている。土手には登ってはいけないという。でもちょっと気になる。それで土手を仰ぐような感じで見ると、空に春の白い雲がのどかに浮かんでいた。そんな風景が容易に想像されるわけです。俳句入門を志したばかりの人でも、このくらいのことでしたら想像することは可能です。

「蕗の薹」も似たようなもので、ふと見た土手に見つけたということになります。「春の雲」で空へ向いた視線が、土手そのものへ向いたという違いだけです。

ところが、「卒業歌」や「啄木忌」となるとすこしばかり様子がちがってきます。どちらも目に見える季語ではありませんから、はじめて俳句を読む人は連想が閃きません。それでも「卒業歌」ならば、まあいくらかは糸口がつかめます。卒業した生徒たち、あるいは卒業生を送った生徒たちが学校の近くの土手の下をさざめきながら通っている、そんな情景を思い浮かべることが可能だからです。しかし、「啄木忌」になるとその糸口もぷっつり切れてしまいます。

実をいうと、私が四つの季語を置いてその中の一つを選んでもらった設問のポイントは、この「啄木忌」にあります。「啄木忌」だとこの句（らしきもの）はどうなるかというと、前の三つの季語がある情景を描いた感じであったものが、「啄木忌」では作者の心情心懐を表わした感じになってきます。土手の下道を歩いているという状況設定に変りはありませんが、「春の雲」「蕗の薹」では作者の視線がとらえたものということになります。「卒業歌」は視線でもあり心懐でもありといったところですが、「啄木忌」となると完全に心懐になります。「ああ今日は啄木忌だったな」、そう気づいた作者のおもいが広がっていく句になります。すなわち、前の三季語よりも作者の内面の部分が表われてくるのです。したがって、一句の深みという点からいえば、「春の雲」「蕗の薹」ではそういう景がありましたというだけで平板、「卒業歌」は大分趣が出てきてまず合格、「啄木忌」ならいっそうよろしいということになります。そのへんの呼吸、わかったでしょうか。

私の言いたかったことは、このような季語（A）と、その他のフレーズ（B）とで成り立っている句（配合、二物衝撃（にぶつしょうげき）などという）は、AとBとが離れていたほうが深みのある句になるということです。

例を見ましょう。

泉の底に一本の匙夏了る　飯島　晴子
血を喀いて眼玉の乾く油照り　石原　八束
廻されて電球ともる一葉忌　鷹羽　狩行
ぬばたまの黒飴さはに良寛忌　能村登四郎
十六夜やちひさくなりし琴の爪　鷲谷七菜子
夏桔梗老女の帯のたしかさよ　草間　時彦
やまももや恋死なむには齢とりぬ　大石　悦子
つばくらめナイフに海の蒼さあり　奥坂　まや

前四句は下五、後四句は上五が季語です。AとBとのあいだにはなんの脈絡もないようでありながら、しかし勁いひびき合いを感じることができます。Bに対してAでなければならぬというところがあります。意味でひびき合っているのではなく、言葉どうしがひびき合っているのです。作句経験の浅い人に、そうした微妙なところを感じとれと言っても無理でしょうが、AとBとは意味で配合するのではないことを、ここでは知ってもらいたいのです。意味で組み合わせると、

補聴器の具合いよき日の春炬燵

親牛の影大いさよ草の花
幼子の描く絵おもしろ雛の前
冬座敷仏壇灯りゐたりけり
草笛や少年の顔泥だらけ

などのように、平板な内容で終ってしまいます。これらの季語をすこし離してみましょうか。「春炬燵」を「春の風」、「草の花」を「いわし雲」、「雛の前」を「木の芽晴」、「冬座敷」を「雪催」、「草笛」を「螢籠」。こうするだけで趣がかなり変って、原句よりいささか立体的になり、その分だけ深みが加わったと思いませんか。そのへんを感じとれた人なら、季語をちょっと離してみることの必要性がわかったと言えます。そう、季語を離すということは、平板な一句の立体化をうながし、深みや奥行をあたえることにつながってゆくわけです。

では、季語は離せば離すほどいいのかというと、そうとはかぎらない。なにごとにも頃合いというものがあるように、句の内容によって、大きく離していいときと、少なめにしたほうがいいばあいと千差万別です。その頃合いを知るのは、やはり実作を積み累ねてゆくほかありません。実作によって、失敗したり成功したりを繰り返しながら頃合いが感得されるのです。極論すれば、その頃合いを知ろうとするのが俳句の修業でもあるのです。

6 「だから」ではない

前項につづいて季語の問題です。

前項では、季語（A）とその他のフレーズ（B）とは離したほうが平板をまぬがれると述べましたが、この項では、AとBとを近づけようとするとどういうことになるか、また、意味で結ぼうとするとどうなるか、その点をもうすこし見ようと思います。

AとBとを配合させるとき、初学のうちは頭でわかっていてもなかなか離すことができません。これはみんなそうです。なぜできないかというと、意味で結び合わそうとするからです。そして、意味を考え意味をとり入れようとすると、かならず常識がはたらきます。

ここではっきりと断っておきますが、俳句をつくるさいに常識は禁物です。「えッ」などと驚いてはいけません。俳句をつくる人は常識人であることが望ましいのですが、俳句を発想し言葉をえらぶときには、常識という物指（ものさし）をふりかざしてはいけないという意味です。

秋の暮山脈いづこへか帰る　　山口　誓子
月明の宙に出で行き遊びけり
我去れば鶏頭も去りゆきにけり　　松本たかし
虫時雨銀河いよいよ撓んだり
母死ねば今着給へる冬着欲し　　永田　耕衣
寒雀母死なしむること残る

右の六句、いずれも昭和の名句です。けれども、常識的物指でおしはかってみたりすると、実におかしなことになってしまいます。山脈は山脈、帰るところなんてないでしょ。宙に出て遊ぶ？　羽衣の天女じゃあるまいし、それとも今流行の熱気球でもあるのかな。なになに、鶏頭が去ってゆく？　銀河が撓んだりするの？　冗談じゃないよ。おやおや耕衣は母親を死なせたいのだな——。まあ、こんなふうになるのが関の山でしょう。勘の悪い人にひとこと言っておけば、誓子、たかしの句は作者の感覚がこういう言葉になったのであり、耕衣の二句は共に母への愛情を表現したものなのです。もし、これらの内容を常識的な言葉でつづってみよと言われても、十七音ではまったく不可能だし、かりになんとかなったとしても、これほどの感動を読者にあたえてはくれぬでしょう。

以上の例で、俳句をつくるのに常識がいかに邪魔なものか、そして常識を背負った意味がいかに困りものであるか、おぼろ気ながら感じてもらえたかと思う。それをもうちょっと明確にするため、悪いほうの例をひっぱり出してみましょう。

a　落葉して南の縁の日向かな
b　目を病みて無口となりし暑さかな
c　友の死に夕べ花冷えつのりくる
d　大吉のおみくじ引いてうららかに
e　病妻の寝息うかがひちちろ鳴く
f　修道女歳晩の街ふりむかず

この六句を読んで、「おや、どこが悪いんだろう」と思った人は少なくないでしょう。そう、一見なんの欠点もなさそうだし、これくらいの句なら一部の俳句雑誌にも載りそうな感じもします。しかし、よく読んでみて下さい。AとBとが意味でつながり、そのうえ（だから）が接着剤の役割を果たしていることに気づきませんか。

a句。落葉した。（だから）南の縁側にいい日向ができた。

b句。目を病んで、そのために無口となってしまった。（だから）暑さもいっそうきびしく感じられる。

c句。友が死んだ。（だから）花冷えがさらにつのってくるようだ。

d句。大吉のおみくじ。ああうれしい。（だから）陽気もうららかだ。

e句。病妻がしずかに寝息をたててねむっている。（だから）こおろぎも鳴き声をはばかっているようだ。

f句。脱俗の修道女。（だから）大売り出しや新年の用意のため雑踏する繁華街は見むきもせず、超然と歩いて行く。

解釈をすると以上のようになる。どれも常識という下敷がまずあって、その常識のレールに乗って発想され表現されています。しかも、その常識をさらに強化するため、（だから）がAとBとの接着剤としてはたらいているのです。これでは〈詩〉とは申せません。が、このうちefの二句は、ちょっと手を加えると（だから）が消えてすっきりしてきます。すなわち、

病妻の寝息しづかやちちろ虫

修道女大寒の街ふりむかず

となります。e句は「うかがひ」が常識の最たるものでしたから、これを削って、ありのままの「しづか」にしたわけです。f句は「歳晩」で（だから）が出てしまいま

した。これを、もうすこし時期をずらして「大寒」にしたのですが、歳晩の常識的な意味が消えて、きびしい寒気の中を歩いて行く修道女の姿が出たはずです。そうした修道女の姿を想像することによって、読者は修道女の生き方におもいを広げることができるのです。そのほうがはるかに澄んですがすがしい句境と言えます。常識をふりまわすな、（だから）で季語をえらんではいけないということ、「修道女」の例でよく吟味して下さい。

7　季語を修飾するな

もう一つ季語の話題です。季語にこれだけ力を入れるのは、第二章で述べたように、「季語のはたらき如何が、一句の成否の五割以上を占める」と私は考えているからです。季語を使いこなせずにいい俳句作者とはなり得ない、読者のみなさんにもそう心得てもらいたいのです。

季語はおおむね美しい詩語でもあります。ですから、そこにその言葉がひとつぽつんとあるだけでも、いろいろな連想が湧いてきます。人間でも、ある一芸に秀でた人とか、過去に優れた経歴をもち、今はしずかに老いている人とかは、ただ黙って坐っていてもなにかほのぼのとした雰囲気を放ち、風格をそなえています。季語は人間にたとえればちょうどそんな感じの言葉です。したがって、季語そのものをあれこれ飾りたてたり、実はこういうことですと余計な紹介をしなくてもいい。あなたが言いたいと考えていることは、俳句をつくる人なら、もう先刻承知なのです。そのことをしっかり肝に銘じておきましょう。

このことは、季語の持つ力を十分に信用しようということでもあります。信用しないから飾る、飾るから弱くなる――こういった悪循環に巻きこまれぬようにしたいものです。

痩馬のあはれ機嫌や秋高し　　村上　鬼城
伯母逝いてかるき悼みや若楓　　飯田　蛇笏
花会式かへりは国栖に宿らむか　　原　石鼎
春尽きて山みな甲斐に走りけり　　前田　普羅
きさらぎの藪にひびける早瀬かな　　日野　草城
むさし野の空真青なる落葉かな　　水原秋桜子

これらに使われている「秋高し」「若楓」「花会式」「春尽く」「きさらぎ」「落葉」といった季語の、見事なはたらきぶりに注目してもらいたい。どの句も、これ以外の季語では絶対ダメ、といった感じで使われているのがわかると思います。前項の例句のように、季語を置き換えたら句がよくなったなんてことは、まったくありません。それに季語は季語として（リズムをととのえるため切字を伴っているものもあるが）そのままなんの手も加えないで使っている。それで十分にはたらき、はたらかしているのです。

こういう季語の使い方が理想的と言えましょう。

ところが、はじめのうちはどうも季語が信用できないのですね。なにかひとこと加えないとはたらいてくれないのではないか、そんな気持になってしまうらしい。

a　秋風が遠くから来て父老ゆる
b　野火の舌（した）二枚三枚逢（あ）ひにゆく
c　医師に脈（みゃく）とられ花の雨降りつづく
d　どん底を抜け紅梅のほころべる
e　鶏頭の炎燃え立つ赴（ふ）任（にん）前

どの句も十七音の大半を季語のほうに注（つ）ぎ込んでいます。季語にかかわりない言葉は、それぞれ「父老ゆる」「逢ひにゆく」「医師に脈とられ」「どん底を抜け」「赴任前」だけです。考えてもみて下さい。季語という黙っていてもしっかりはたらいてくれるほうに余計な言葉を使い、はたらきの十分でないほうの言葉はほったらかし。これでは割の合わぬ表現だということは、誰にもわかることでしょう。そう思いませんか。もっと季語を信用しなくてはいけません。

a句。「遠くから来て」と気どったつもりで、秋風をそれらしくしようとしたのでしょうけれど、そんなことを言わなくとも、秋風という季語はそんな感じのものなんですね。それよりも老いたる父をもっと見つめるべきです。

b句。「舌二枚三枚」と擬人法でしゃれたつもりの句ですが、これは悪しき擬人法というべきもので、かえって句の品格を落しています。こういう悪達者な詠い方をする人は、○○俳句大会などというところには必ずいるのですが、ちゃんとした修練をした選者はひっかかりません。むしろ、まっ先に落します。

c句。「降りつづく」が要りません。「花の雨」といえばまだ降りつづいているのです。こうした無駄を早く知るようになりたいもの。

d句。これも「紅梅」だけで十分。花がほころんだから「紅梅」であり「紅梅や」と言う。咲いてないのに「紅梅や」なんて誰も言いません。それより、舌足らずな「どん底を抜け」を、もっと正確にしたい。たとえば「どん底の生活（たつき）を抜けて」というように。そうするとこれは五・七のフレーズになるから、「紅梅」をなんとかしなければいけない。「紅梅」では下五にうまく収まりません。そういうばあい、あくまでも紅梅に固執する人がいるけれど、そんなに頑(かたく)なにならなくてよろしい。歳時記をひらいて検討すればもっといい季語があるはずです。フレーズが替りリズムが変れば、当然季語も換えていいのです。それでも納得できぬ人は、もう一度「この土手に登るべからず」のところを思いだしてもらいたいですね。

e句。これは鶏頭が真っ赤に燃えているように咲くさまを見て、それを表現することによって「赴任前」の自分の心情を象徴しようとした句です。こういう詠い方をするのはあるていど自分の表現力に自信のついた人ですが、いかんせん「炎燃え立つ」があまりにも陳腐です。これでは象徴にも鶏頭の描写にもなりません。「鶏頭や」だけのほうがずっとはたらいてくれます。

以上で季語をやたら飾っても駄目ということがわかったでしょうか。季語を信用することの必要性を感じたでしょうか。とにかく、配合、二物衝撃の句にあっては、季語以外のフレーズに心をくだいて、季語のほうに余分な言葉を使わぬようにするのが、明快な俳句をなすポイントです。

そして一つ敷衍(ふえん)すると、歳時記に出ている季語は、元の言葉が一番確かなのだということです。たとえば「梅の花」なら「梅の花」が一番確かなのです。一番確かということは、また一番強いということです。「梅が香」「梅かをる」「梅にほふ」「梅咲く」「梅ひらく」などなど、いろいろの用例があるけれども——です。

8　一句一動詞

一句一動詞という言葉は、私たち世代の俳人なら、先輩から耳にタコのできるくらい聞かされてきました。今となってはたいへん懐かしい言葉です。懐かしいというのは、いまやこの言葉が忘れられているか、ほとんど顧みられていないかしているからです。

一句一動詞は、俳句の約束ではない。また誰が言いだしたということもわかっていません。俳句という詩型をより有効に生かそうということから、実作を積み累ねていくうちに案出した先人の智慧と言えるのです。動詞を一つにするということは、俳句の中で、述べよう、喋ろうという姿勢を規制するものです。叙述してはいけない、喋ってはうまくいかない、それには動詞を多用したらいけない、そういったことを、先人たちは実作一つ一つで確かめ、私たちに伝え、教えてくれたのです。

礫像や泰山木は花終んぬ　山口誓子
萬葉に東歌あり紀元節　水原秋桜子
けふの月長いすすきを活けにけり　阿波野青畝

大風の中の鶯聞こえけり　富安　風生
馬育つ日高の国のをみなへし　山口　青邨
ひらきたる秋の扇の花鳥かな　後藤　夜半
神田川祭の中をながれけり　久保田万太郎

動詞の少ない俳句は、読んで安定感があります。印象も鮮やかです。名詞がよくはたらいているからです。そしてなによりも「ああ、俳句を読んだなァ」という実感がしみじみと湧いてきます。

この反対に動詞が多くなると、当然、一句の安定感が乏しくなります。そのかわり、句が軽快になりスピード感が出てくるというメリットがあり、ちょっと現代的な感じも出てきます。秋桜子・誓子による俳句の革新運動が、当時の多数の若い作者に支持されたのは、動詞多用による一種の新しい感覚がもてはやされたからだと思います。けれども、このことは前に述べたように「や」「かな」といった切字軽視につながり、俳句が俳句らしさを乏しくする結果にもなりました。

さあ、そこで二者択一を迫られることになります。動詞を抑えて安定感のある、俳句らしい俳句をつくろうとするのか、あるいは、新鮮な俳句をつくるためには、動詞だってどんどん使えばいいではないかと考えるか、どちらかであります。

私は前者を支持する立場ですから、動詞を多用することを戒めています。しかし、動詞をたくさん使った句はまったくつくらないのかというと、そうではありません。対象により、内容により、あるいはまた自分の内面の欲求により、動詞を二つ三つ入れた句をつくることがあります。また、後者のほうを大事にする作者でも、動詞の一つもない句をつくることはいくらでもあるのです。俳句には定義も公式もないわけだから、これでなければいけない、こうときめたから、これ以外の句はつくらぬといった窮屈な考え方はしたくありません。あくまでも詠い手としての欲求が、そのときどちらを選ぶかにかかわってくるのです。そして、大切なことは、この二つの考え方のうち、自分はどちらを重視して立っているかということを、はっきり自覚しておくことです。重ねて言いますが、私は動詞の少ない句の俳句らしさを大切にして立っているわけです。

母に似し埴輪(はにわ)の顔や沈丁花

父の忌の田植をはしり夕餉(ゆうげ)かな

杜若(かきつばた)娘の夢の大きくて

パン皿にパンあり春の雲ゆけり

旅へ発つ青年と見て春の星

種芋を籠に分けゐて雨がくる

ある初心者の句会での別々の作者の句。前三句が動詞一つか一つもない句、後三句が動詞二つ以上ある句です。どちらの句も私は予選に採っています。かたくなに自説に固執しているわけではないのです。

ところで、動詞を少なくしようとすれば、必然的に名詞が重要になってくるのが俳句です。そして、これは大事なことですが、名詞ばかりでも俳句はつくれるが、動詞ばかりでは俳句にならぬ、ということがあります。芭蕉にも有名な、

奈良七重七堂伽藍八重ざくら

がありますが、現代でも、

四顧蒼翠南総里見八犬伝　富安風生

寺・社・子供・スピッツ・秋夕べ

海鼠壁明治百年曼珠沙華

牡丹百二百三百門一つ　阿波野青畝

一休さん二十一日春時雨

山又山山桜又山桜

などが見られます。これはまあ特異な例ですが、これほどでないにしても、「てにをは」や「切字」が一つはいっているだけという句は、いくらでもあります。

芥川龍之介仏大暑かな　久保田万太郎
秋の航一大紺円盤の中　中村草田男
番外地ダリヤコスモス撩乱と　石塚友二
碧天や喜雨亭蒲公英五百輪　水原秋桜子
華僑総商会長陳大人のパナマ帽　成瀬桜桃子
鉄線花の数大聖寺稲坂家　山田みづえ
夫唱婦随婦唱夫随や冬籠　高野素十

これで見ても、俳句はほぼ名詞だけでいくらでもつくれそうな感じがするでしょう。名詞は重く固く確かです。名詞と名詞とがぶつかり合って並んでいる俳句は無愛想ですが、俳句はもともと無愛想な文芸なんです。そんな愛敬よくしたり、それらしい表情をつくろうとしないほうが、俳句の形式にかなっているのです。そのことを知っておいて欲しい。そして、名詞以外の言葉がはいってくると、それがふえるにしたがって、柔らかく軽くなってきます。言葉のそうした特性をつかんでおいて、うまく使いこなすのが表現ですが、「一句一動詞」ということを頭において作句していれば、あまり支離滅裂な句にはならぬこと、うけ合います。

9 「てにをは」の妙味

俳句の散文化が進んでいることを、最近つくづく感じます。それはしばしば言うように切字の軽視にもつながっているわけですが、もう一つ、「てにをは」にも顕著にあらわれています。

a 束の間の日差がありて蕗の薹

b 決心をして畦を行く秋の風

c 榾の火を素手でつかんで煙草の火

こういう「てにをは」の使い方が、近頃は大手をふって歩いています。みんな散文の「てにをは」、つまり文章や手紙を書くときの「てにをは」の使い方とまったく同じようになっています。

俳句は韻文です。だから「てにをは」一つの使い方にも五・七・五の韻律を弛めるようなことがあってはならないのですが、そんなことはお構いなし、ただただ意味さえ通じればいい、そんな「てにをは」が横行しているのです。

ａ句はまだ罪の軽いほうで、これは中七を「日差のありて」「日差ありたる」のようにすれば、「が」といぅひびきの悪い弛んだ一音が消えます。

ｂ句。一見なんでもないようですが、「てにをは」の妙味を知らないからこんな冗長な表現になってしまうのです。「決心をして」はまさに散文、俳句なら「決心の」で十分なのです。こうすれば七音が五音になるばかりでなく、表現の饒舌が消えて引緊まり、そのうえ言外に含むところも大きくふくらんできます。そのあたりの呼吸、わかるだろうか。

ｃ句。悪い表現のサンプルとして、「ナニがナニしてナントやら」というのがありますが、この句はそれをちゃんと見せてくれています。でも、そういう形になっていても、まったく気にならない句もたくさんあるのですが、この句が目立ってしまうのは「を」「で」の無神経さによるものです。私なら中七を「素手もてつかみ」と文語にして、「で」の浅薄を解消します。

いま文語ということを言いました。文語表現が俳句には適しているのですが、この頃は文語を知らぬ作者がふえて、口語で俳句を書く作者が多くなりました。口語と俳句の散文化とは大いに関連があり、それはまた、「てにをは」の妙味ある句が少なくなったことにもつながっています。

ついでに言えば、口語表現は戦前からもありましたが戦後になって急速に広まっています。中には、意識的に口語表現を試みて、俳句表現の新しさを求めようという集団もありますが、大半は無意識に、というより文語を学ぼうとせず、口語の詠い方しかわからぬという、ゆきあたりばったりでやっている作者です。時代の流れがそうだと言えばそれまでですが、なんとも寒々とした風景です。文語表現を知らずに卓れた俳人になった作者はいないという事実が厳としてあります。すこしでもましな俳句をつくろうという意欲がある作者は、文語表現を学ぶことを薦めます。なにもあの、ややっこしい文法をいまさら勉強し直しなさいと言うのじゃない。先人の名句を読んで、俳句によって文語表現のよろしさを身につけなさいということです。そうすれば、おのずから「てにをは」の妙味も会得できようというものです。

冬の日の露店のうしろ通るなり　岸田稚魚（きしだちぎょ）
落葉掻（か）く音の一人の加はりし

前句、「冬の日の」が文語の「てにをは」。不用意な作者は「冬の日に」とやってしまう。後句は「音の一人の」の「の」の使い方に注目してもらいたい。落葉掻きのかそけき音が微妙に聞こえてくるような気がしませんか。たとえば「一人の音が」と比較してみれば、その微妙さの差に驚くでしょう。

初夢の追ひて干潟の鳥の足　　橋爪きひえ

これも上五「の」のうまさ。ふつうなら「初夢に」です。このほうが意味は明確。けれども詩としての奥行はなくなって、「こういう夢でした」という説明、報告に終ってしまう。「の」だから読者も一緒に夢の中へ誘われてゆくのです。

雲下りてくる夏風邪のひきはじめ　　村沢夏風

俳句がすこしわかってくると、「夏風邪のひきはじめ」か「夏風邪をひきはじめ」か迷うことがしばしばあると思う。そんなときどうするかの答えを、この句が示してくれている。「を」のほうがいいなんて考える人は、まだ「てにをは」の妙味に気づいていません。

枯蓮のはげしき折れを仏間より　　長谷川双魚

中七の「を」に含まれた作者のおもいの深さ。こんな「てにをは」が使えたら、俳句づくりもよほどたのしくなるはず。

風垣の隙間だらけを海の紺　草間時彦

「俳句はうまい下手ではない。いいか悪いかだ」なんていう人がいます。もっともらしいけれど、下手にしていい句などお目にかかったことがない。下手よりうまいほうがずっといいにきまっている。うまさは「てにをは」によってきまるということを、この「を」が示している。ただし、こんな「を」は句歴五年やそこらでは使えません。

臘梅に声の不思議は鴨の声　森澄雄

ここで「は」を使えるのと、「や」で切ろうとするのとでは格段の差がある。「な」は散文のそれだから論外。こうやってみると、「てにをは」ひとつで一句が深くも浅くもなることがわかるはず。

以上七句の「てにをは」の例は、妙味の一端をかいま見たにすぎません。それでも一音で俳句がガラッと変ってしまう不思議、怖さを見たと思います。これらを見てもう一度最初の三句にもどってみると、森の都から砂漠に迷いこんだような味気なさを感じませんか。森の都のゆたかな息づかいにふれるためにも、名句を読んで文語表現を自分のものにし、「てにをは」の妙味を知るようにしたいものです。

10　中七の字余りは解消せよ

鎌倉右大臣実朝の忌なりけり　尾崎迷堂

この句の読み方は（かまくらの・うだいじんさねともの・きなりけり）となります。五・一〇・五ですから中七が三音もの字余りになっています。また、

初日さす松はむさし野にのこる松　水原秋桜子

は中八で一音の字余りです。どちらも有名な句ですが、有名になるだけあって、中七の字余りによる欠陥が感じられません。むしろ、字余りを逆手にとって、それによって生ずるある種の重量感を有効に使っている、そういった句です。

迷堂の句は、上五を（かまくらの）と読んですこし休止を置いてから、あとは一気に読み下すような形で、そのため、単純無垢な内容と相まって、一本の勁い銅線のひびきを聞くような、高揚した緊張感を味わうことができます。かりに「鎌倉」を除って「右大臣実朝の忌となりにけり」としたら、こうした一句の強い声調は消えてしまうでしょう。

秋桜子の句は、中八音によって短歌的なリズムに近づきましたが、作者はもとより承知のうえのことで、字余りのリズムの援けによって、武蔵野の雑木林に残る松、そこへ射した初日の荘重感を詠おうとしたものです。そうした作者の意図は成功し、初日にかがやく松がしずかにしっかりと立っている風景が見えてきます。

どちらの句も中七の字余りによるデメリットをちゃんと計算ずみで、それ以上にリズム、声調に心をくだいています。まさに名人芸といっていいでしょう。ただし、この二句、中七の字余り句としては例外の成功例であって、気やすく「俺も」「私も」なんて思わんでもらいたいものです。なぜか。

中七は五・七・五の中心にあります。そして、ここだけが七音です。すなわち五・七・五の美しいリズムをつくる要の部分です。五・七・五はどこもゆるんでは困りますが、要である七音はとくにゆるみは許されません。それは、上五とか下五の字余りは成功率が高く、名手でなくてもうまく使えるけれど、中七の字余りだけは、名人上手といえどもなかなか成功し難いという事実が証明します。私の先生の作をそういう例に挙げるのは辛いことですが、私の言っていることが嘘でないと知ってもらうために、成功しなかった秋桜子の句を挙げてみます。

鴨ひとつよぎる松が枝に初日さす

松の空冬の日輪をとゞめたり
窯の扉をひらき青麦に微風あり

この三句、いずれも先に挙げた「むさし野」の前後につくられたものです。「むさし野」にくらべると、中七がやや弛緩していることに気づくと思います。どうですか。「むさし野」もこの三句も、中七を中八で詠うことは意図的になされました。推敲不足ではないのです。が、秋桜子ほどの大家でも容易には成功しないということが、これでわかってもらえたかと思います。

ところが、不用意な中八の句をつくる人が、実に多いのです。

a　沈丁花合格電話のかかりけり
b　万緑や日ごとに遠くへ万歩計
c　鎌を研ぐ山裾はるかにほととぎす
d　風つよきコスモスへ押しゆく乳母車
e　雪の玻璃戸いくどもいくども拭く家族

a句は「の」、b句は「に」を消せばちゃんとした定型になるし、c句は「に」を

消しただけではまだ不安定だから、

　鎌研ぐや山裾とほきほととぎす

とすれば引緊まります。d句、こんな冗漫なリズムでは話になりませんから、「押しゆく」を「押し」または「押す」とすればしゃんとした句姿になります。e句はちょっと手に負えない詠い方です。根本的に気どりをとって詠い直す必要がありますが、中八を解消することに主眼を置いて改作すれば、

　雪の玻璃戸いくたび拭きて日暮れける

くらいでしょう。「家族」を大事に残すとなれば、一句の形をすっかり改める必要があるでしょうが。とにかく四音のリフレーンは当然八音になるわけだから、それを承知で使うのは横着というか芸がなさすぎます。

今挙げた例句はいずれも初学クラスの作者のものですが、一番多い不用意の例はab句に見られる余分なてにをはを持ち込むことです。てにをはを一つ消すだけで立派な五・七・五になる。それなのにそこに気づかないというのは、単に迂闊だったではすまされません。まして句歴五年、十年の作者においてをや、です。

中七を不用意に中八またはそれ以上の字余りにして気づかぬ、平気でいるのは、

①作者の中にまだ五・七・五のリズムが定着していない。
②俳句で語ろう、喋ろうという気分がつよく、「切る」意志が乏しい。
この二点だと考えられます。「どうも自分はそれらしい」と思いあたる人がいたら、その人はもう一度「俳句の三つの基本」の章を読み直すべし。
私はいつも、「中八に平気でいる人で俳句が上達したためしはない」「この句、中八だから講評しません」などと公言しています。それは、五・七・五のリズムを大切にしないで俳句をつくろうと考えても駄目、ということにほかなりません、もし中七字余りの句ができてしまったら、なんとしてでもちゃんとした中七につくり直す、という執念を持ってもらいたいのです。

11　下から読んでも

次のような型の句をしばしば見かけます。

a　二階住(ずみ)いとほしみゐる初鏡
b　水芭蕉(みずばしょう)冷えびえとある旅鞄(かばん)
c　松の枝海にのびたるいわし雲

d　黄水仙ここにしづかな流人墓地

これらの句は上五と下五が共に名詞でばっちり固まっています。これはどちらかというと、安定感のつよい内容を表現するに適した型ですが、これから述べようとするのはそのことではなく、中七の問題です。名詞は重く確かな言葉であると、前に言いましたね。ですから、こういうふうな形で上五下五にでんと置かれてあると、中七が両方から引っぱられて宙に迷ってしまうのです。いったい中七は、上五のことを言っているのか、下五のことを言っているのか、どっちなんだいという句になってしまいます。

a句では、「いとほしみゐる」が間借りかなんかの気軽な「二階住」をそう感じたのか、それとも「初鏡」で見た自分の顔なのか。どっちとも判断がつかぬでしょう。b句もそうです。「冷えびえとある」のは「水芭蕉」なのか「旅鞄」のほうか。中七は手の感触をあらわしたようでもあり、水芭蕉の咲くあたりの山気をそう言ったようでもあります。もし「水芭蕉」のほうだったら、中七は「冷えびえとあり」とすべきでしょう。

c句。ふつうだったら「海にのびたる」は「いわし雲」だろうと考えられます。伸びたところが海で対象が広いですから、「松の枝」はそんなに伸びられない。けれども、待てよ、そう断定はできないぞと迷わされます。作者は海岸に立つ松の枝が、根もとの渚から海の方へ伸びたと言っているのかもしれないぞ、という見方が出てきます。そう考える根拠は「海へ」でなく「海に」だからです。結局、これも判断がつきかねることになります。

d句。これもそうですね。「ここにしづかな」は両方にかかっています。「黄水仙」がしずかにひっそり咲いていたのか、「流人墓地」が訪れる人もなく、忘れられたようにあると言いたかったのか。私はたぶん「流人墓地」だろうと想像していますが、そうであったら上五は「黄」にこだわらず、「水仙や」と、ちゃんと切るべきであります。

有名な句にも、ときにこういう型のものがあります。

蕗の薹おもひおもひの夕汽笛　　中村　汀女

というのがそれ。私はこの句を最初読んだときから、「おもひおもひの」は「夕汽笛」だときめていました。これは作者の横浜時代の句ですから、夕方、船や工場の鳴らす汽笛を聞いた印象を詠ったのだろうと思ったのです。今もそう信じています。ところが十数年前、友人宅の庭であちこちに蕗の薹が頭を出しているのを見て、「あ、これも〝おもひおもひ〟だ」と感じたのです。以来、毎年、早春が来るたびにこの句を思いだし、「夕汽笛」だと信じながらも、「蕗の薹」だって「おもひおもひ」だという、灰色の疑惑に悩まされつづけているのです。

さて、もとへもどります。

そんなわけで私は、句会で指導するとき、「この型を嫌いなさい。どうしてもこうなってしまうなら、中七がどっちにつくのか去就をちゃんときめなさい」と言いつづけてきました。しかし、駄目なんですね。みんな馬耳東風、毎月毎月この型が跡を絶ちません。

ある日、家でくつろいでいると、テレビのCFが言いました。「上から読んでも山本山、下から読んでも山本山……」。私はこれだと思いましたね。今はテレビ時代、テレビの影響を利用しなけりゃ嘘だ。私はこの型の名を〈山本山〉と命名し、次の句会でこう言いました。「これは山本山だよ。この型が大変損な詠い方だということを、このCFを見たら思いだしなさい」。見事成功です。次の句会からピタリとこの型の句が出なくなりました。それればかりか山本山は私の主宰誌「鷹」の流行語となって、まだ入門したばかりの何も知らない作者に、先輩が、「これ、山本山だからつくり直そう」などと教えているようです。テレビのお蔭で思わぬ拾いものをした感じです。

ところで、〈山本山〉は絶対駄目だというわけではありません。それなりの、つまり中七がどっちにつくのかという手を打っておけば、なんの問題もおこりません。

土の音松にのぼりぬ春の暮　藤田　湘子

私にこういう句があります。「土の音」「春の暮」ともに同じような形の名詞ですが、中七がいったいどっちにつくのかという迷いはまったくない。読んですぐ、中七は上五のことを言っているのだとわかります。これは意味でもわかりますが、それ以上に中七の終りに「ぬ」の切れを入れたことが効果的なのです。中七が上五につくばあいは、こうして切れを入れてやるとはっきりします。

櫟の葉手に砕きゐつ茂吉の忌　橋本　鶏二
四十雀松をこぼるる一精舎　木村　蕪城
雪の玉ひとりころびぬ朝の崖　平井　照敏
春の虹山羊にはいつも首の環　百合山羽公
ほととぎす足袋ぬぎ捨てし青畳　鈴木真砂女
枯すすき海はこれより雲の色　平畑　静塔
春燈下褒めて終りし稽古事　後藤比奈夫

前三句が上五に、後四句が下五についている例ですが、どの句もそれなりの手をちゃんと打っているので、中七が宙に迷うことはありません、参考にして欲しいものです。

12 「孫」の名句はない

まだ、作句をはじめて数ヵ月というある老人会の句会の作品を見せてもらいました。そうしたら、次のようにお孫さんを詠った句が続々と出てきました。

草萌に下校の孫の声がして

頰ずりの孫を抱いて春の雪

初孫の生まれし知らせさくら餅

孫連れて娘が来れば春の風

年の豆数へて孫が呉れにけり

齢を重ねて、老後の生甲斐にささやかながら作句をつづける人たちですから、私などが傍から嘴を突っこむのはいかがと思うけれど、素直な話、孫を詠った名句はないのです。これらの句も同様で、作者個人にとってはそれぞれになにがしかの思い入れがあるわけですが、俳句としてはちょっとどうもということになるのです。

そうすると、「お前は本書の冒頭から、自分のために自分を詠えと言ってるではないか」と叱られそうですね。たしかに、自分のために自分を見つめ、自分の身辺から詩因を探しだすことの必要性を強調してきました。けれども、そこのところに、ちょっとややっこしい問題があります。

そのまえに、私は西欧の事情にはまったくうとい男ですが、以前こんな話を聞いたことがあります。

「西欧での家庭的なパーティの席では、次の四つの内容を話題にすることはタブーとされている。①子ども自慢、②のろけ話、③ペットの話、④夢の話」

どこの国のどんなふうなパーティなのか、私にはその真偽のほどもわかりかねるけれど、これは、きっとどこかの国のほんとうの話だろうと納得させられるものがあります。それはここに指摘された四タブー、いずれも「なるほど」とうなずける。なぜかというと、この四項全部が、きわめて個人的な興味だけのことがらだからで、こんな話題では、相手になるほうがだんだんしらけてくること必定です。

ところで、この四項のうち、夢は俳句でも詠われて、かなりいい句も見られるのですが、他の「子ども自慢」「のろけ話」「ペットの話」は、やっぱり願いさげにしてもらいたい素材です。もしかりに、作者が躍起になって詠おうとしても、躍起になればなるほど読者の興味は離れてしまうでしょう。素材に普遍性がないのです。作者ひとりだけでおしまいという話になってしまうのです。その上、作者の思い入れが強すぎてしまうから、必然的に詩的昇華も乏しく、詩としての、つまり俳句としての純度もきわめて低いものとなってしまうわけです。

余談になりますが、さる老大家が、お弟子さんの猫を詠ったいい句を見て、「君は猫が嫌いだから猫のいい句ができるんだよ」と言ったそうです。老大家は猫好きですが、猫の句でいい句ができたためしがないのです。そう言えば私も猫の句をよくつくり、時にまあまあの出来栄えだと思う句もありますが、私はどっちかというと猫嫌いの部類にはいります。猫好きは、可愛さのおもいが過ぎて客観視できぬのでしょう。

更待(ふけまち)の極楽寺から白い猫　蓬田(よもぎだ)節子(せつこ)

大文字二階より猫下りてくる　奥野(おくの)昌子(まさこ)

恋猫の倦(う)みたる胴の通りけり　藤田　湘子

猫のほか今日ではさまざまなペットが飼われています。飼主は、それが可愛いからといっていそいそと句材にせぬよう戒めるべきでしょう。

さて、最初にもどって孫の句ですが、これは四タブーの「子ども自慢」の延長といっていいと思います。孫は可愛い。その可愛さが強過ぎて、俳句の素材として見る客観性が失われてしまうのです。べた賞め、べた可愛がりでは詩的昇華は期待できません。同様に、恋人同士や新婚夫婦が詠うばあいも、客観性に十分配慮すべきです。惚(ほ)れた夫や妻を詠うときもそうです。妻の句といえば草田男ですが、その代表的な句をいくつか挙げておきましょう。

妻二タ夜あらず二タ夜の天の川　　中村草田男
吾妻(あづま)かの三日月ほどの吾子(あこ)胎(やど)すか
八ツ手咲け若き妻ある愉(たの)しさに
妻抱かな春昼(しゅんちゅう)の砂利踏みて帰る
玉菜(たまな)は巨花(きょか)と開きて妻は二十八

13　テレビ屋になるな

梅に新聞開くや何ぞ茂吉(もきち)死(し)す　　清水(しみず)　基吉(もとよし)

歌人斎藤茂吉が死んだのは昭和二十八年二月二十五日。今だったらテレビニュースですぐ知ることができますが、当時は新聞、ラジオが庶民の情報源、そのラジオもそう熱心に聞くこともなかった作者です。朝くつろいだ気分で新聞を開いたら、なんと茂吉の死が大きく報じられていたという句です。茂吉の作品を敬慕していて、その死を知った驚きと落胆が感じられ、秀作です。

親族や友人の死は俳句ではたくさん詠われていますし、作品としても卓れたものが少なくありません。けれどその作品を通して敬慕しているけれど、面識、交友がないという距離をおいた人の死は、なかなかうまく詠えません。この句は、その距離を克服しているまれな例と言えましょう。有名人の死はこのようによほど心酔した相手でないとうまくゆきません。

友ら護岸(ごがん)の岩組む午前スターリン死す　佐藤(さとう)鬼房(おにふさ)

ミロは亡しにぎやかに出よ地虫(じむし)たち　大石香代子(おおいしかよこ)

こういった句も、スターリンなりミロなりに心酔していたから、おのずと詠う心がたかぶってできた句と思います。ところが、世の中には不思議な人もいて、誰か有名な人の死が報ぜられると、政治家でも芸術家でも俳優でもなんでもかまわず「○○死す」と入れて作句する作者がいます。こういう人にとっては洋の東西を問わず、ただ有名な人であればいい。もちろん敬慕の心などこれっぽっちもありはしないのです。

私がひそかにテレビ屋さんと呼んでいる作者がいます。作者というより正しくはっくり方でしょう。ある種の作者にかかると、訃報ばかりでなく、テレビニュースで報じられる大事件はみんな俳句のタネにされてしまうのです。たとえばこんな具合いです。

木の芽萌え孤児の慟哭かぎりなし
春寒き故国を離れ孤児帰る
墜落の破片るいるい雪に散る
北海の寒さ還らぬ人ばかり

前二句は中国残留孤児の報道を見てつくったもの、後二句は飛行機事故を扱ったものと思います。私はこういう種類の句をまったくつくるなとは言いません。アフリカの飢えた人たちを画面に見てなにかを訴えたい、イラン・イラク戦争のなまなましい報道を見て叫びたいと思う気持は、ふつう一般の誰しもが持つでしょう。しかし、だからといって、それをすぐ俳句にしようというのは軽率のそしりをまぬがれません。なぜなら、私たちに訴えたい、叫びたいという思いをおこさせたその現場に、私たちは立っていません。私たちの見たものは、すでに誰かの眼によって切りとられた現場の一齣であり、その画面と一緒に流れるナレーションもまた誰かによって考えられたものです。それは、すでにして表現されたものであるわけです。

私は、俳句は現場第一主義がいいと信じています。小さなイヌフグリを見て春の到来を知るよろこび、緑蔭で得たひとすじの涼風に憩い、秋の花野にあそんで若き日を回想し、寒のさなかに自分の生き方を見つめる、そんなことを大切にしたいと考えます。対象にじかに接して自分の中から湧きあがるものを持つ、そうありたいと願っています。

テレビ屋さんの詠い方ではそうはいきません。今述べたように、私たちは画面を見てなにか感動したようであるけれど、それはもう誰かの主観がはいっていますし、その感動らしきものも、撮影者やナレーターによってあらかじめ予測された、お仕着せの空疎な感動であるのかもしれません。

それからまた、自分が現場に立っていないということは、詠い方がどうしても傍観的になってしまいます。私がさきに「茂吉死す」の句を評して「距離を克服している」といったのは、傍観者的態度を克服したと同意義です。俳句は、いつも自分が現場にいる、あるいは自分のいるところから発想する、そういった性格のものです。

いまやテレビの影響はぬきさしならぬものがあります。俳句作者としてはくれぐれもテレビ屋にならぬよう、一言しました。

テレビ屋になるなということは、言葉を換えて言えば時事詠に気をつけろということですが、今はなんといってもPR時代、言葉や情報が氾濫しています。そこでもう一つ気をつけぬといけないのが片仮名の外来語です。

　秋風やナウィ服着て父来たる

　カラフルに海岸日傘ひしめける

　ジョギングの汗の人なり若からず

　春深しミニの美少女駅を出て

　もはや季語の中にも片仮名の外来語がたくさん採り入れられている時代ですから、それに気をつけろという私は古い男なのでしょう。が、先頃亡くなった草田男も「カラフルなどという言葉で表現しようとする人を、私は信用しない」と言っています。私も同感です。日本語として定着しつつある片仮名の外来語はたくさんありますが、短い十七音の中に片仮名言葉がいろいろはいってくると、俳句が風船のように軽くなってしまいます。「俳句は本来の日本語で」が私の信念です。とくにファッション関係の流行語はいけません。用心用心です。

14　風流ぶりをやめよ

　手折(たお)らるゝ人に薫(かお)るや梅の花　　千代尼(ちよに)

けふばかり背高からばや煤払
朝顔に釣瓶とられて貰ひ水
　　始めて夫に見えたる時
しぶかろか知らねど秋の初ちぎり
　　夫を失ひける時
起て見つ寝て見つ蚊帳の広さかな
　　我子を失ひける時
蜻蛉釣今日はどこまで行つたやら

有名な加賀の千代の句です。はじめに断っておきますが、卓れた句としてここに抽いたのではなく、真似してもらいたくない詠い方のサンプルとして挙げたものです。高浜虚子の『俳句読本』にこんな話が載っています。

あるとき虚子は、ラジオの講演で千代の句を批判した。虚子は、千代の句は芭蕉から蕪村に至る俳句低迷期のものであって、今日の眼で見て正しい俳句とは言えないということを言ったのであったが、たちまちきびしい批難の手紙が来た、そういう趣旨であります。愚考するに、手紙の差出人は千代の地元のファンだろうと思いますが、世の中には、ここに挙げたようなものが俳句だと考えている人が、実に多いのです。

「えッ、ホント……」などと、今ここで吃驚（びっくり）している人がいたら困りますね。そんな人は、「朝顔に」の句について、なぜ駄目かと説く大虚子の言葉を引用（抄出）しますから、とくと耳を傾けてもらいたい。

　一人の女が水を汲もうとして釣瓶に手をかけはしたものの、ふと見ると朝顔がまきついておるので、可憐な朝顔を見守って、その釣瓶に手をかけた儘（まま）でおる。

　現代の俳人、ことに私達の仲間の人が、これだけの景色を見て俳句を作るならば、それは単に朝顔の蔓が釣瓶に巻き付いていた、という事柄だけを叙して、その他の事は何事も言わないだろうと思います。

が、千代はそれだけの平明な叙事では満足しなかった。朝顔が釣瓶に巻き付いていたというだけでは承知が出来なくって、朝顔に釣瓶を取られたといって、朝顔が心があって釣瓶を取ったもののごとく見て、そういったのであります。感情が直接でなくって、いくらか気取ったところがある言いようであります。

　朝顔がからみ付いているために釣瓶が使われないから、水を貰いにきました、というのは正気の沙汰とも思えない。気は変にならないまでも、極端な風流がりや、すこし気取り過ぎた歯の浮くような細君であると思って虫酸（むしず）が走るように嫌な感じを起こすでありましょう。それ程に、この貰い水という言葉は些細（ささい）な事を仰山に、したがって変に気取った態度になり、似非風流な言葉であるように感じます。

この千代の朝顔の句のごときは、その嫌味の句の代表的のものといえるのでありますます。

抄出ですから全文ではありません。が、虚子の言っている趣旨は毫も害なっていません。なにしろ全文はこの三倍くらいの分量ですが、同じ調子で激しく攻撃しているのですから。ラジオ放送後の抗議文など毛ほどにも意に介していません。いや大したものです。

虚子のこんな激越な文章は珍しいと思います。それだけ千代女風の俳句に対する否定、拒絶反応がつよいのだと言えます。私も虚子とまったく同意見、それゆえに煩をいとわず長々と引用させて頂いたわけです。このくらいきつく言わぬと、たいていの人はこんな俳句のつくり方からはいろうとするからです。

ついでに言えば虚子の先輩子規は、千代のようなこういった俳句を追放し、文芸として胸を張って歩けるようなものにするために、病軀に鞭うってがんばってくれたのです。それがどんな句だったか忘れた人は、もう一度老鼠堂機一とか夜雪庵金羅などという人の句（俳句の三つの基本「五・七・五はリズムである」）を読んで下さい。絶対ああいった句に色気を出したらいけません。

それほど言うくらいなら、もうその種の句は今日の俳壇から姿を消したかというと、必ずしもそうとは言えないからややっこしい。もちろん、専門の信用ある俳句雑誌には見られません。そういう句を誰かが投句してきても、選者がたちどころに没にしてしまうから、活字になることはないのです。しかしながら、活字にならない段階のところでは、まだまだ金羅宗匠まがいの句がうようよと出てくるのです。

夕立の家に着くまで待ち呉れし
団扇絵に涼気余して風を生み
倒れてもそこより立ちて蕎麦の花
爽やかに太古伝ふる岩戸舞
散ることの知らぬさみしさ水中花
熊牧場冬眠できない窓二重
幸ひの一ひら欠ける紫木蓮
伝説を秘めては咲けるサビタかな
村青くあをくなれよと郭公どり

手元のある俳句大会の句稿をちょっと見ただけでもこの通りです。キリがありません。

では、どんな詠い方がいけないか、まだピンとこない人のために列記しておきます。ゆめゆめ忘れぬよう。

①虚子の言うように、風流がりや気どりのポーズをとろうとすること。
②金羅宗匠のように道徳感、倫理感を詠おうとすること。
③同じように分別臭さ、教訓を持ちこむこと。
④駄洒落（だじゃれ）、穿（うが）ち、謎解きめいたもの。
⑤低劣な擬人法。
⑥かなし、淋し、いとし、うれし、あわれ、など小主観を安易にあらわに出すこと。
⑦理屈。
⑧わざとらしいお涙頂戴の浪花節人生。

実践篇2　作句のテクニック

この章に収めたのは俳句のテクニックです。テクニックとは、自分の詠いたいことをよりつよく、より確かに読み手に伝えるための手段です。二つ三つの手馴れた詠い方を繰りかえしているだけでは、俳句表現の妙味はわかりません。ここに挙げたようなテクニックを自分のものにして、より多彩な表現法を身につけ、新しい境地を得ることを期待します。

前章同様いちおう順序をつけましたが、読みたいところ食指のうごいたところから読んで結構です。それぞれ単独でわかるようになっていますが、各項ともまったく別々のものではなく、複合して使うことも可能ですし、そうでなくても、なんらかのかかわりがあることも前章と同じです。

1　絞る

吟行などで大きな景を前にして立った。ここで二、三句つくりたいと思ってあれこれ視線をうつす。夏なら、山の深いみどりとか姿のいい山容が目につく。山裾にひろがる高原の白樺や落葉松も詠いたい材料。郭公が啼いている。あれもなんとかならないか。足もとに眼をとめると夏あざみだの松虫草だのが風にゆれている。蝶、蜻蛉、みんななんとかしたいと思う。俳人は欲張りだから、眼にはいってくる季語をなんでも俳句にしたくなるものです。これは初学の人もベテランもみんな同じ、けっしてあなたばかりではないから心配無用です。

けれども、ベテランと初学の人とはこの先がちがってくる。ベテランは、こうしたあれもこれもの中から「これだ」と一つ決めてしまうと、もうそこから視線をうごかしません。落葉松に視線をとめ、これを詠おうとすると、そこでなにかの想を得、句の形らしき言葉を得るまで落葉松にすべてを集中します。そして、その作業が一つ終ったとき、はじめて別のものへ視線をやり、前と同じようにして次の一句をつくるのです。

初学の人はこれがなかなかできません。いつまでたっても迷いつづける。これでは作句は進展しません。

そんなときの一方法として、まず、眼のまえの一番小さな季語を選びだすということがあります。そして「これを詠うぞ」と、しっかり自分に言いきかせる。ここは肚をきめる大事なところなのです。それがきまったら、おもむろに遠くを見る。山が見える。あれは火山だ。そこまで自分の立っているところからずっと径がつづいている……。そう、それだけ見たらもう一句できたのです。

火の山へつづける径や夏あざみ

あるいは、

夏あざみ火の山へ径つづきをり

これでもいいでしょう。が、ここでは前句のつくり方の要領を説明します。

作者は夏あざみに視線をとめ、それを詠うことを自分に言いきかせた。私が「ここが大事」と言ったのは、「夏あざみだぞ」と対象を確認することによって、次に視線を遠くに移したとき、夏あざみにふさわしくない配合物は選ばぬようなはたらきが、作者の中に起こってくるからです。たとえば、ただの夏山だと見ていたものが火山だと気づくのも、そうしたはたらきによるものです。

火山がつかめたら、火山と夏あざみの間にあるものを探しだせばいい。ここでは径でしたが、前句の形をわかりやすくすると、

火山（遠景）→径（中景）→夏あざみ（近景）

となりますね。つまり、遠いものから作者のいる近いところのものへ視線がきて、そこでぴたりと止るつくり方です。有名な句では、

みちのくの伊達の郡の春田かな　富安　風生
利根川の古き港の蓮かな　水原秋桜子

などがこの形です。前句は「みちのく」（東北六県）から「伊達の郡」（福島県）の「春田」（作者の眼前のもの）へというように、後句は「利根川」（その全長）の沿岸にある舟運さかんだった頃の「古き港」（の名残）、その一隅に咲いている「蓮」の花、というようになっています。これを見ると、（大―中―小）という形になっていることがわかるでしょう。この形では、

曇り来し昆布干場の野菊かな　橋本多佳子
夕ぐれの葛飾道の落穂かな　高野　素十

などもそうです。前とちがうのは（大）が場所でなく「曇り」「夕ぐれ」という大きな空間になっている点です。

どれも下五の季語に「かな」のついた型になりましたが、そうでないつくり方では、

頂上や殊に野菊の吹かれ居り　原　石鼎
夏の河赤き鉄鎖のはし浸る　山口　誓子

夜桜のぼんぼりの字の粟（あわ）おこし　後藤夜半
梅雨明けや森をこぼるる尾長鳥（おながどり）　石田波郷
行者宿（ぎょうじゃやど）泉に廻り甜瓜（まくわうり）　森澄雄

なども同じ形になっていることがわかると思います。（遠―中―小）（大―中―小）という明確な形でなくとも、あるものの（全体）から（部分）へというふうになっています。そして作者の眼はかならず下五にそそがれていることに注目して下さい。

以上のことをもう一度まとめてみると、

上五（遠・大・全体）　中七（中・中）　下五（近・小・部分）

となります、上五からだんだんと絞られて下五へいたる単純な形ではありますが、それだけに印象鮮かな句をつくるのに適した技法と言えます。

2 命令

昔、軍隊のあった頃は、上官の命令というのは絶対でした。今、社会一般での命令といえば、会社などで上司から部下へなされるというのがすぐ頭に浮かびます。昔のように絶対の権威というものが失われたから、命令の質も大分うす味になってきましたが、基本的には、上位の者から下位の者へ伝達される形になっています。

俳句の技法として命令形を用いるばあいは、社会一般の通念とちがって、命令を発するのはすべて作者です。そして、命令を受けるのは、大別して、一つは作句の対象となるものであり、もう一つは、なんと作者自身なのです。つまり、

一、作者から対象一般へ
二、作者から作者自身へ

ということになります。

松籟（しょうらい）も寒（かん）の谺（こだま）も返し来（こ）よ　小林（こばやし）康治（こうじ）
青野に吹く鹿（しか）寄せ喇（らっ）叭（ぱ）貸（か）し給へ　西東　三鬼
逝（ゆ）く吾（あ）子（こ）に万葉の露みなはしれ　能村登四郎
雨つのるみんみん啼（な）けよ千（ち）曲（くま）川（がわ）　石田　波郷
ががんぼよ飛べ水（すい）煙（えん）の天使まで　橋本　鶏二

これらは対象へ向ってなされた呼びかけです。

第一句、作者の自註に、「『一月二十四日は比島にて戦死せる兄静雄の忌日』と前書がある。師波郷が『声調と言葉の響が痛切な心を伝えてくる』と評してくれた。」とあります。波郷の評言が適切です。「返し来よ」というつよい言葉がなかったら、声調はたちまち弛(ゆる)むでしょう。

三鬼の句。「貸し給へ」が愉快であり、鹿寄せラッパを聞いているうちに自分が吹きたくなった心の弾みがうかがえます。

登四郎の句。六歳の長男を一夜で喪ったときの作。草木にかがやく露に向って、わが子の葬送のためにとくとくと走って、いっそうのかがやきを示してくれよ、という。これまた痛切な声調をなしています。

波郷の句。たとえば「雨つのるみん〳〵啼けり」としてもかなりの出来栄えです。が、作者の旅情、遊意はそれでは不満だったのでしょう。降りつのる雨の中で、みんみんよ、止むことなくもっと啼いてくれよ、そういった願いをこめて訴えているのです。

鶏二の句。凍れる音楽と讃嘆された薬師寺東塔の水煙でしょうか。そのへんに飛んでいるがんぼに、水煙の天使のところまで飛べと言ったのは、とりもなおさず作者の願望でもあります。

私の句で恐縮ですが、かつて、

柿若葉多忙を口実となすな　藤田湘子

と詠んだことがあります。俳句雑誌の編集をしているとき、依頼した原稿のうち半分断られてしまった。テーマが難しかったのですが、断りの口実はみな口をそろえたように、「今ちょっと忙しいので……」というものでした。そのとき憤慨して一息にできた句です。いささか教訓じみた句なので自分ではあまり好きではないのですが、世の中、忙しい人が多いとみえて、同感して憶えていてくれる人が少なくありません。

落葉降りやまず急ぐな急ぐなよ　加藤楸邨
雪白の手袋の手よ善き事為せ　中村草田男
蟇歩くさみしきときはさみしと言へ　大野林火
手放しに命は惜しめ寒波来る　殿村菟絲子

楸邨の句は、自分の心の焦燥をなだめているのです。「急ぐな急ぐなよ」は「落葉降りやまず」につづくと、並木道でも歩くようなリズムがあります。たぶん、そうした道すがらにふと焦燥を感じたのでしょう。けれど、「急ぐな急ぐなよ」は歩行のことを言ったものではない。自分の生き方、身の処し方に対して、みずから言い聞かせているのです。

草田男句。この「善き事為せ」も自分自身への自戒でないと、妙な句になってしまいます。「悪いことはすまい」の裏返しと言っていいでしょう。

林火の句は自註をかります。「蟇は庭前のもの。『さみし』は蟇というよりも作者自身のこと。悠然と構えて歩く蟇に托して、『さみし』を抑えている自分を出した句。」

苑絲子句は、他者への呼びかけのつもりでつくったと自註にありますが、同時にまた自分への戒めにもなっています。寒波が来た、誰に遠慮することなく命を大事にせよという意です。

こうして見ると、自分への命令はすなわち手強い意思表示につながるように思えます。それだけにきびしい表現欲求がないと、句が空転するおそれがあるでしょう。対象への命令、とくに自然の草木虫魚が相手になると、ときとしてたのしい交歓風景が表現できるかもしれません。草木虫魚に対しては命令するというより、呼びかけるという態度が好もしい。一種の挨拶ですね。そんな感じでこの技法を用いたいものです。

3　否　定

提げ来るは柿にはあらず烏瓜　　富安　風生

向こうのほうから人が来る。何か赤い実のものを提げている。「柿かな」はじめそう思った。けれど、だんだん近づいて来たのをよく見たら、柿ではなく烏瓜だった。それだけの句だけれども、そして「柿にはあらず」がいささか理屈っぽく感じられるけれども、実はここのところがかなり巧妙にできている。はじめ「柿かな」と思ったのは、なんの根拠もなくそう思ったのではない。柿の秋で、鈴生りの柿の木が二本三本とあちこちに見られる田園風景が、作者の周囲にひろがっているからだろうと想像されるのです。だから、最初は柿かと思った。そんな含みがこの中七にはあるのです。はじめから、烏瓜を提げてやってくる、という叙し方だったら、こういう連想は湧きません。「柿にはあらず」と一見無駄のような否定をしたから、背景がひろがったわけです。

羅をゆるやかに著て崩れざる　　松本たかし

羅を着た女性、中年であろう。ゆったりと着ていて所作もいささかなまめかしい。そういったところを捉えて、「羅をゆるやかに著て」と、ここまでは同じような表現をすることが可能なように思われる。けれど「崩れざる」これは凡手ではとうていできません。脱帽です。私が「いささかなまめかしい」と言ったのは、「ゆるやかに著て」から発するものではありません。まあ、そこに皆無とは申しませんが、すべて「崩れざる」から発していると言っていい。「崩れざる」のうしろには、ともすれば崩れそうになる所作のこともあるし、また、それを期待？しているような作者の心もうかがえるのです。共に「崩れる」が基にある。否定したことからくる微妙さです。けれども崩れない。そのあたりに、まことに微妙な心理が交錯します。

店の柿減（へ）らず老母（ろうぼ）へ買ひたるに　永田　耕衣

常識で言えば実に不思議な句です。果物屋の店頭に積まれた柿を、老母の見舞いのために買ったのです。一キロか二キロ、あるいはせいぜい十個。ですから現実には間違いなく減っているのです。しかし作者は「減らず」と言っている。へらず口をきいているわけではない。これが俳句の表現というものなのです。作者の本音は、老母へいささか買ったけれども、果物屋の柿はすこしも減ったように思えぬ、というところでしょうが、そういう心情より、たくさん積まれて照りかがやいている柿の総量、嵩の存在感を表現したかったはずです。「減らず」はそれを搦手（からめて）から攻めていった表現です。

夕涼や生き物飼はず花作らず　　相馬遷子

否定形の表現の特徴は、否定した物や事柄が、肯定する形で言った以上に見えてくるということです。この句の「生き物飼はず花作らず」も、作者がただそう思っているというだけでなく、近隣にペットの動物を飼うことに熱心な人や、花づくりや盆栽に熱中する人がいるんだろうという想像を刺戟してくれるのです。

道のべに牡丹散りてかくれなし　　後藤夜半

「かくれなし」だから散った牡丹の花びらの一片一片ばかりか、土の色までが連想されてきます。ここを「あざやかに」としてごらんなさい。意味は同じことであっても、俳句としての迫真力はまったく異なります。

否定形で表現することのおもしろさ、すこしわかってもらえたでしょうか。

瓜貰ふ太陽の熱さめざるを　　山口誓子

これも下五、ストレートに「まだあるを」と言ったんではそれまでのこと。熱がさめないと言うほうが、貰って手にした感触があざやかです。こうしたちょっとした差が、名句と平均作とを分けてしまいます。

以上で否定形の詠い方の要領が呑み込めたかと思いますが、左記の句によってさらに研究してみて下さい。

牧牛は高きに行かず花野富士　百合山羽公
腋青く剃る七夕のためならず　田川飛旅子
裏富士は鷗を知らず魂まつり　三橋　敏雄
山眠る机の疵の一つならず　鈴木真砂女
闇汁にかの人のそばはなれじと　加藤三七子
山鳩は子を呼びやまず青津軽　磯貝碧蹄館
草の香の日向くさくはなかりけり　星野麥丘人

4　疑問・推量

軽井沢か蓼科か、落葉松や白樺に囲まれたようなどこかの山荘に数人で吟行したとしましょう。一句会すんで夕餉も終り、ちょっとくつろいだ気分でいると、白樺の梢がひそかに揺れてきました。「風が出たのか……」と思って夕闇を透かしてみると、山霧がしずかに梢のあたりを流れてゆくのです。そこで同行の人たちに、

「白樺に霧が出てきたよ」

と言ったとします。そうはっきり言ってしまうと、高原なら当然の現象ですから、みんな

「そうですか」

ですまされてしまうにちがいありません。あまり同行者の関心を惹くとは思えませんね。ところが、自分では霧と承知していても、

「あの音は何だ、白樺がゆれてるぞ」

と言えば、みんないっせいに興味を持って、

「なに、どれどれ……」

と山荘の周囲を見ようとする。すくなくとも「なんだろう……」と関心をそそられるはずです。

そうした場面を想定して、はじめの「白樺に霧が出てきたよ」を俳句にしてみると、

　白樺（しらかば）を幽（かす）かに霧（きり）の流れをり

　白樺の音は幽かに霧流る

といったところです。俳句雑誌に投句すれば活字にはなるでしょうが、もう一つ迫力がない。パンチが乏しい句です。ところが自分では霧と知っている第二の会話の場面

で句をつくると、

白樺を幽かに霧のゆく音か　水原秋桜子

となります。これなら読者も作者の感動に惹かれてしまい、白樺の葉のそよぎ、霧の流れるかすかな音が耳にじかに聞こえてくる。作者の作句した場所に一緒にいるような趣になると思います。

一所懸命に俳句をつくっているけれど、どうもこう平板な句しかできないという作者は、大体において第一の会話のやり方で作句してしまいます。あまりにも正直にほんとうのことを伝えようとします。俳句の表現は日常の会話と異なるわけですから、何もかも洗いざらい正直に伝達しようとしなくてもいいのです。相手（読者）が心惹かれるような会話のテクニックを応用して、作者の側に引っぱりこんでしまうのです。

たとえば、

①肝心のところを、ほんのちょっとしか言わない。
②一部を誇張する。
③反対のことを言う。
④ありうべき嘘を言う。

など、いろいろの方法があります。知っているのに知らぬふりをして、疑問の形、推量の形で表現するのも、これらと同じように読者の関心を惹くテクニックの一つであります。

なく雲雀松風立ちて落ちにけむ　水原秋桜子
萩青き四谷見附に何故か佇つ　石田　波郷
弾初の灯ともしごろとなりけるや　久保田万太郎
海盤車赤しこどもらは昼寝の刻か　大野　林火
パンツ脱ぐ遠き少年泳ぐのか　山口　誓子
井戸も亦晩年ならむ梅雨きのこ　林　翔
百舌に顔切られて今日が始まるか　西東　三鬼
秋風となりてわが影何いそぐ　古賀まり子

どの作者も疑問の部分、推量の部分を自分では知っているのです。けれどもそれでは単調、平板な作になってしまうから疑問にし推量にするのです。試みに「落ちにけむ」を「落ちにけり」に、「何故か佇つ」を「佇ちてをり」に、「なりけるや」を「なりにけり」というふうに改作してみると、句が薄っぺらになってしまうことがよくわかります。

また、この疑問・推量の形にすると、もう一つには（自問）する作者が見えてきます。自分は承知していてこういう形をとったわけですが、作品化されると、みずからに問うているような深さも出ていることに気づきます。ちょっとしたテクニックを使うだけで、このように俳句の印象がガラリと変ってしまうわけだから、平板な作しかできぬ人は一度試してみるといい。こうしたテクニックのいろいろは、試しながら身に沁み込んでゆくのです。ただし、いつもいつも同じことをやっていると狼少年になってしまいます。多様多彩のテクニックを早く自分のものにすることです。

5　擬音

擬音（擬声語・擬態語）は、私たちの日常の生活の中にもしばしば出てきます。

「AとBがひそひそ話していた」

「そんなにばたばたしなくても大丈夫よ」

なにげなく使っている「ひそひそ」とか「ばたばた」といった言葉が、百語二百語ついやして縷々説明するよりもずっとあざやかに場面を再現してくれ、時によっては当事者の心理の襞まで覗かせてくれます。

そんな便利な言葉は、短い俳句にはうってつけですが、これも使いようがある。あまり当り前、平凡すぎては逆効果、いっそ使わぬほうがマシということになりかねない。

大寒のどさと置きたる米袋

ぎいと開く古き裏戸や草萌ゆる

ジーパンをごしごし洗ひ夏来たる

こういったのがその例です。米袋ほどの重さのものなら、土間だろうが縁側だろうが置けば「どさ」にきまっているし、古くなって蝶番のゆるんできた戸は、たいてい「ぎい」と音を立てるし、ジーパンなんて厚手のものを手で洗うときは、誰がやっても「ごしごし」なんですね。これでは二音または四音損しただけで、俳句の中での擬音効果はゼロと言っていいでしょう。

それではどんな擬音語がいいかというと、百人が百人使うようなものではなくて、ということは意外性があって、しかも擬音で表現した対象の質感や臨場感が十分に伝わるもの、ということになりましょう。

その見事な例をいくつか見ていきます。

ライターの火のポポポポと滝涸る丶　　秋元不死男

鳥わたるこきこきこきと罐切れば

擬音の名手と言われた作者だけあって、さすがです。なるほどライターの火は「ポポポポ」だと思わせます。長さ三センチほどの火の焔のまたたきが、これで手にとるように見えます。「滝涸るゝ」と置いた季語も絶妙、ということも知っておいて下さい。

二句目の「こきこきこき」は平凡の非凡と言いましょうか。擬音は二音の倍数で表わすものが多いので、こういうように二音を三度使って「と」と入れれば七音になり、これで中七は決まり、ということになりそうですが、待って下さい、それはいけない。この句のばあいは「こきこき」では罐を切った音が十分でない。「こきこきこき」と三回繰りかえして罐の蓋が半分ばかり切れたような感じになる。そこが大事なんです。作者もそこはもとより承知で三回にしたのでしょう。これは特殊なばあいで、二音が基本の擬音の繰りかえしは二回まで抑えておくべきです。

蜥蜴照り肺ひこひことひかり吸ふ　　山口　誓子

するすると岩をするすると地を蜥蜴

この作者の擬音も巧みです。前句は静、後句は動と言えましょう。「ひこひこ」はあのぬめぬめした蜥蜴が、夏の烈日の下で息づいているさまが眼前しますし、後句は「するする」を二度用いて、岩から地へすばやく移る蜥蜴のうごきを活写しています。「岩を」「地を」も、そのうごきに呼応した措辞と言えます。

厚餡割ればシクと音して雲の峰　中村草田男

「シク」の擬音効果、この句に最初めぐり合ったとき、私はあまりの見事さに声を挙げたものです。まあ、ちょっとこんな言葉は出て来ぬでしょう。しかも片仮名書きにして視覚的効果も援用している心憎さ。私は擬音というとすぐこの句が頭に浮かぶほどに灼きついています。

露の玉蟻たぢ〱となりにけり　川端茅舎

木の枝か木の葉を登っていく蟻が、玉のように凝っている露の前でたじろいだのです。「たぢ〱」はこれを見てしまえばなんでもないような感じだけれど、コロンブスの卵で、作句の現場に立ってみれば、こうした言葉が容易に出てくるものじゃないことがわかるはずです。この作者には、

ひら〱と月光降りぬ貝割菜　川端茅舎

もあり、やはり擬音語の一方の雄であります。月光を「ひら〱と」なんて、なかなか言えるものではありません。

擬音には、もうちょっと複雑になって、二つが複合したものもあります。

雪の水車ごつとんことりもう止むか　大野林火
チチポポと鼓打たうよ花月夜　松本たかし
藁砧とん〱と鳴りこつ〱と　高野素十
夏ゆくとしんしんとろり吾が酔へる　三橋鷹女
オルガンはるおんおろんと谿の雪　藤田湘子

私の例で言えば、谷間の集落から聞こえてきたオルガンの音色を、どう表現したらいいか腐心して、るおん、ほろん、おろんなど五通りほど考えたのですが、どうしてもピッタリのが考えつきません。いささか諦めかかったとき「るおん」と「おろん」が結合したのです。俳句はそんなふうに、すこし気を抜いたときにパッとできることがあります。作句には執心が必要でしょう。

最後に擬音のいろいろを挙げておきます。この擬音も、自分の身体の中のリズムから発したとき活きてくることを忘れずに。

水打てばふわととびつく地のほてり　中村汀女
大榾火べつたりうつる柱かな　橋本鶏二
たわたわと薄氷に乗る鴨の脚　松村蒼石
老僧のエー〳〵童話仏生会　河野静雲
谷川の音ころころと秋晴るゝ　星野立子
神楽笛ひょろひょろいへば人急ぐ　阿波野青畝
砲丸のドスンと寒の明けにけり　吉沼等外
おしろいの花のいそいそ咲きそろふ　八木林之助

6　繰り返す

どこかで友人とばったり会う。そのとき「やあ」と手を挙げて笑顔になる。これで十分にこちらの友情は伝わります。が、「やあ」と言うところを「やあ、やあ」と言ったら、もっと親愛の情がより濃く印象づけられる感じになります。また、童謡や歌謡曲の歌詞を見ると、同じフレーズの繰りかえしが実にひんぱんに出てくることに気づきます。たとえば「もしもし亀よ亀さんよ」は、日常的な言い方なら「もしもし亀さん」でいいわけです。けれどもそれでは歌謡のリズムが出て来ぬので、「亀よ亀さんよ」となったのだと思います。

俳句の技法としての反復（リフレーン）も、繰りかえすことによって一句にあるリズムを期待し、作者のおもいを印象づけようとするものです。

私は作句をはじめて間もない二十代はじめの頃、おぼろ夜の海岸に立って何か句材はないかと探していました。夜の海岸で句材を探すことはあまり期待できません。ただ繰りかえし寄せてくる波の穂を見ているばかりでした。が、そのうち、波の寄せかえすリズムが次第に私の中に蓄積され、そのリズムに乗ったかのようにして、

朧（おぼろ）よりうまる丶白き波おぼろ　藤田　湘子

の一句ができました。偶然にできた一句でしたが、見ると「おぼろ」の語が句の頭と脚にあって、かすかなリフレーンとなっています。まだ俳句のハの字も知らぬし、ましてリフレーンなど知らぬ私でしたけれど、きっと波のリズムがこうした句をつくらせてくれたのだろうと私は思っています。

私の作は偶然でしたが、俳人として名ある人はこの技法をかなり意識的に使い、そしていい句をつくっています。私が最初に接したリフレーンの句で、「へえー」と驚いたのは、

蝌蚪流れ花びらながれ蝌蚪ながる　軽部烏頭子

でした。秋桜子の評釈で知ったのですが、その全文を参考のため引用させてもらいます。

〔解釈〕春の終りの頃、道ばたの小溝のへりに立ち、なにげなく見ていると、蛙の子が一つ二つ、尾をふりながら流れてくる。それは自分の力で泳ごうとしているのだが、水の勢いの方がつよいので、つい流されてしまうらしい。時には二三回廻転しつつ流されてゆく。次には桜の花びらが四つ五つ、どこかにまだ咲き残っているのであろう、さまで色もあせぬままに流れてゆく。それからまたしばらくして蛙の子が一つ――こうして道ばたの小溝をのぞいているだけでも、四辺の行春の景色がよくわかるのである。

〔批評〕技巧の妙を極めた句。「蝌蚪」という詞を二つ、「流る」という詞を三つも使いながら、それを目立たしめず、かえって小溝のせせらぎを思わせるように組立てているのは、たいしたものと思う。

〔註〕「蛙の子」「お玉杓子」「蝌蚪」みな同じものである。中でも「蝌蚪」が一番耳馴れぬ詞であるが、二音で便利なため、俳句ではこれが多く使われている。

まこと痒いところへ手のとどくような評釈です。俳句の読み方、鑑賞の仕方、技巧、いろいろのことを実に親切に教えてくれます。こういう先生に私は育てられたのですから、俳人冥利につきると思います。みなさんも、この引用文の中からいろいろのことを学びとって下さい。

ここで秋桜子が、蝌蚪二つ、流る三つの詞を使いながら「それを目立たしめず」と言っているところに注目したい。そうなんです。技法はすべて目立ってはいけない。そこだけが目立つようでは技巧倒れになってしまいます。目立たずに、小溝のせせらぎを感じさせるように、作者の狙いどころがちゃんと見えてくることが肝要。とくにリフレーンは目立ちやすいことを忘れぬよう。

菊咲けり陶淵明の菊咲けり　山口　青邨

ちるさくら海あをければ海へちる　高屋　窓秋

前句、高潮したリズムによって菊の咲いたよろこびを伝えています。上五下五の「菊咲けり」が嫌味なくひびきます。後句はおだやかな、むしろ懈い春の日を感じさせ、また、海へゆっくりと散るさくらの花びらも見えるようです。「ちる」と「海」が二度ずつ使われています。

クリスマス馬小屋ありて馬が住む　　西東　三鬼

枯蓮のうごくときてみなうごく

いなびかり北よりすれば北を見る　　橋本多佳子

「馬小屋ありて馬が住む」「うごくときてみなうごく」「北よりすれば北を見る」。いずれも俳句表現の一典型、憶えておけば応用できる型の一つです。

西国の畦曼珠沙華曼珠沙華　　森　澄雄

蜩や湯に老夫婦わが夫婦　　草間　時彦

前句は曼珠沙華が咲きつらなっているさまをリズムで感じさせます。私が、俳句は何かお喋りしようとしなくてもリズムで表現できる、と説くのはこういうところ。後句、二組の夫婦のほほえましい情景。山のしずかな温泉場でしょう。

最後に、これもリフレーンだという句を挙げておきます。リフレーンの効果、あるいは多様性といったものを考えてみて下さい。

蝶低し葵の花の低ければ　　富安　風生

すずかけ落葉ネオンパと赤くパと青く

狐火を信じ男を信ぜざる

のぼりゆく草ほそりゆくてんと虫　中村草田男

7　並列・対称

配合、二物衝撃と呼ばれる詠い方では、季語を含んだ部分〈A〉と、その他のフレーズからなる〈B〉とが、なるべく鋭角的に接しているほうが意外性がつよく、作品も立体的になって厚味をましてきます。二物衝撃の衝撃は激しくぶつかり合う意ですから、AとBとが火花を散らすほどでないと、この詠い方の特徴が消えてしまいます。

この衝撃をつくるために、AB二物を並べ立てる手法があります。

炎天の遠き帆やわがこころの帆　山口誓子

鞦韆は漕ぐべし愛は奪ふべし　三橋鷹女

恍惚と秘密あり遠き向日葵あり　藤田湘子

右の眼に大河左の眼に騎兵　西東三鬼

木犀に暫し居りレントゲン室に暫し居り　石田波郷

これらのうち鷹女と私の句をわかりやすく並べてみると、

鞦韆は漕ぐべし（A）
愛は奪ふべし（B）

恍惚と秘密あり（B）
遠き向日葵あり（A）

となります。Aが季語を含んだフレーズ、Bがその他のフレーズです。この型が一番つよい衝撃がうまれます。AB以外には何もない。ただひたすらAとBとがぶつかり合うしかないのですから。それでは何でもいいから二つに分けてぶつければいいかというと、そうではない。やはり、それなりの破綻を生じない手を打たなければいけない。

第一は、AとBを衝撃させたあと、読者にどんなイメージを期待するか、です。この型を使うのは、そのイメージをつよくあざやかにしようとするわけだから、何を詠うべきかがキチッと絞られていないと、二つのフレーズがばらばらになり、ひいてはイメージもばらばらの印象を与える結果になってしまう。一番肝腎なところです。

第二は、鷹女の句も私の句も、季語を含んだAのフレーズに具体的な物が出ていて、

Bのフレーズは心理が描かれています。どちらにも具体的な物が出て来ず、ABとも抽象的な心理や感情だと、衝撃が弱まるし作品としても成功しません。誓子の句も私たちの句と同じつくり方になっている点に注目です。三鬼の句（無季）と波郷の句は、どちらのフレーズでも心理を表わしていません。見た物、見た場所が両方のフレーズに出ています。具体的な物が両方に出ているばあいはさしつかえないわけです。

第三は、用語の平仄（ひょうそく）を合わせることです。掲句五句、それぞれ「帆」「は……べし」「あり」「眼に」「暫し居り」が両方のフレーズにあるので、リフレーンとなって一句にリズムが生まれてきます。波郷の句が二十三音という大幅な字余りにもかかわらず、さして冗長感がないのはリフレーンの効果によるものと言えるでしょう。

以上がこの型を使うときの要点です。二つのフレーズのイメージが離れれば離れるほど衝撃は激しくなり、近づけば近づくほどやわらかくなります。詠うべき内容によってその距離をどう計るか、そこらへんが作者の手腕を問われるところです。

この型には、次のようなバリエーションもあります。

夕月夜人は家路に吾（あ）は旅に　星野立子

雪催（ゆきもよ）ふ琴（こと）になる木となれぬ木と　神尾（かみお）久美子（くみこ）

月一輪氷湖（ひょうこ）一輪光り合ふ　橋本多佳子

野の虹（にじ）と春田の虹と空に合ふ　水原秋桜子
伸（の）びる肉ちぢまる肉や稼（かせ）ぐ裸（はだか）　中村草田男
わからぬ句わかる好きな句ももすもも　富安風生
旅愁（りょしゅう）とも旅疲れともリラ冷えに　稲畑（いなはた）汀子（ていこ）

これは二物の衝撃よりも、二物を対称的に置いてそのひびき合いの効果を狙ったものです。それでも多佳子、草田男の句には、二物にかなりの衝撃度があります。立子、風生の句を例にこれもわかりやすく書き直してみると、

夕月夜（A）　人は家路に（B）
　　　　　　吾は旅に（B′）

わからぬ句（B）
わかる好きな句（B′）　ももすもも（A）

となります。季語が対称的に置かれたほうにはいることもありますが、立子、風生の型のほうが詠いやすいでしょう。そして、すでに気づいたと思いますが、平仄の合った言葉がリフレーンとなってリズムの快感をもたらしていることです。俳句における

リズムの重要性はもう何度もふれてきました。リズムを軽視して意味を重視した作句をすることの発展性のないこと、身に沁みて感じてもらいたいものです。並列的対称的な表現の型が定着したのも、意味よりもリズムを大事にした結果にほかならぬと言えるのです。

8 比喩

比喩(ひゆ)は私たちの日常会話の中でもひんぱんに使われています。

たとえば、こんな例。


「とてもうれしくて夢のようです」

「あなたはバラのように美しい」

「銭湯の絵のような風景だね」

「あいつはムジナみたいな奴だ」

「あの喰わせ者め、狸野郎!」


こうして見ると、いろいろな場面で比喩の使われていることがわかります。じっさいに比喩は、古今東西を問わず言葉のあるところに必ず使われてきたもので、表現のための重要な手法といえるのです。とくに詩歌のばあいはこれが実に有効で、もちろん俳句表現においても例外ではありません。

　螢火や山のやうなる百姓家　　富安 風生

　螢火や疾風のごとき母の脈　　石田 波郷

たまたま「螢火」を季語とした例ですが、前句は、大きな藁葺きの農家のまわりを螢が飛んでいるところ。深い闇だけれど、その闇の中にそびえるように建っている農家を、「山のやう」と喩えたものです。この喩えがたいへん適切だったので、農家の大きな建物が闇の中に見えてくるわけです。後句は、作者が郷里の病母を見舞ったときの作です。母の手の脈をとってみると、ちょうど疾風が吹き過ぎてゆくような迅さであったという意で、「螢火」はそのとき、庭さきをふとかすめて行ったものでしょう。

　前句は農家の屋根の大きさを「山のやうなる」と言い、後句は母の脈の迅さを、「疾風のごとき」と喩えたわけですが、これを比喩を用いずに、たとえば、

　螢火や闇に聳ゆる百姓家

　螢火や今は激しき母の脈

という表現にしてみれば、おのずから優劣がはっきりするでしょう。原句の迫力に比

べて、改作句はまあそこそこの出来にはなっているものの、読後の印象、感銘はまったく違います。ずっと薄いことがわかると思います。

このように、「……のよう」「……の如く」という形でAB二物を結びつける方法を、直喩と言います。俳句で使われる比喩は、この直喩が圧倒的に多いようです。

なおいくつかの好例を挙げてみましょう。

火を投げし如くに雲や朴の花　野見山朱鳥
葡萄食ふ一語一語の如くにて　中村草田男
白酒の紐の如くにつがれけり　高浜虚子
我庭の良夜の薄湧く如し　松本たかし
咳き込めば我火の玉のごとくなり　川端茅舎

こうした卓れた俳句の比喩を見て気づくことは、喩えに意外性があることです。「火を投げたように赤く鮮烈な」＝「雲の色」、「はげしく咳き込んだ自分」＝「まるで火の玉になったよう」というように、常識ではまったく考えられぬ喩えがなされています。そう、常識的な喩えでは詩歌の比喩は成功しない、ここがもっとも大切なところです。したがって、

吼(ほ)えるごと台風(たいふう)の海鳴りてをり

立ち並ぶ雪嶺(せつれい)父のごとくなり

野の池は鏡の如し春の暮

といった直喩は、どう見ても陳腐で、比喩が比喩としてはたらいていない。これならはじめから比喩など用いず詠ったほうがましなのです。喩えられるものと喩えるものとの関係が、常識で結ばれているのではなく、意外性や飛躍があって、しかも作者の一人合点や独善に陥っていない——これが比喩の要諦です。だから、比喩は実に効果的な手法であるけれど、凡手が安易な気分で用いると必ず失敗します。喩えられるものの本質を、じっくりとよく見きわめてから、喩えるものを考案することが望まれるのです。

直喩に比べて暗喩はいっそう難しい比喩です。現代詩などにはこれが多用されていますが、俳句は短い詩型なので、どちらかといえば暗喩に適さないと言えるでしょう。

熟柿(じゅくし)吸ふ馬鹿が頭の中あるき　秋元不死男

立冬の月皎々(こうこう)と朴(ほう)の槍(やり)　富安　風生

空蟬(うつせみ)の一太刀(ひとたち)浴びし背中かな　野見山朱鳥

わりあいわかりやすい句を挙げたけれど、それでも、「馬鹿が頭の中あるき」、「朴の槍」、「一太刀浴びし」とは何のことかと思う人がいるはず。無理からぬと思います。これらは直喩のように「AはBのようだ」という形をとっていず、「AはB」あるいは「B」だけしか言っていない。あと一切は読者の連想や判断にお委せという形になっているからです。解説をすると、「馬鹿が頭の中あるき」は、きょうはどうも頭が冴えぬということであり、「朴の槍」は朴の梢の冬芽をそう言ったものであり、「一太刀浴びし」は「一太刀浴びし如き」の「如き」が略されているのです。

以上で、俳句表現の暗喩はきわめて困難で危険率の高いものということがわかると思います。私なども暗喩はほとんど使っていません。君子危うきに近寄らず、十分に実力がつき、実作を重ねた末に試みても遅くはない。現在の段階では、こういう比喩もあると知っておくだけでいいでしょう。

最後にもう一つ、擬人法について触れておきます。擬人法は気象や鳥獣草木などを人間に喩えて表現するもので、これは最近、暗喩はもちろん直喩よりも多く使われる傾向にあります。

ことごとく枯木となりて手をつなぐ

百合ひらく祝の口づけ揚羽きて

梅雨ふかき壺は無言を通しけり
寝ころんで自然薯は天仰ぎゐる

「手をつなぐ」「口づけ」「無言を通し」「寝ころんで」「天仰ぎ」が擬人法の表現です。が、どれもこれもみんな失敗です。なぜ失敗か。その理由は直喩のところで述べたことを思いだして下さい。すべて常識的擬人法だからです。擬人法についても直喩と同じように、常識の喩え方では陳腐、低俗、幼稚になってしまうのです。

最上川田植を率ゐ田を率ゐ　平畑　静塔
春潮に飛島はみな子持島　山口　誓子
木の根にも聞耳ありて神楽笛　百合山羽公
白露のやからをはなれ父の露　鷹羽　狩行
蟻も伊賀者城塁を攀ぢ登る　津田　清子

これらは名ある俳人の擬人法です。さすが手馴れたもの、巧いものと思わせる句々ですけれど、擬人法の持つ危うさがまったくなしとはしません。まあ、それほどに擬人法は通俗に堕しやすいということを承知しておくべし、です。

以上の通り、比喩は俳句表現の有効な手法の一つです。が、再三述べたように失敗の危険も背中合わせにある、いわば両刃の剣と言えます。志を高く持し、深い洞察力をもってこれを用いるべきです。単なる思いつきや機知で使えば必ず失敗することを、つよく肝に銘じてもらいたいのです。

9 「我」を出す

石田波郷は、「一句の主役はいつも自分である」と言い、また、「俳句は珠玉の私小説である」ことを望みました。私が本書で「自分のために」ということを言いつづけているのも、波郷のそうした言葉を肯定しているからです。

俳句をつくる技法が上達し、作者自身の俳句観が深まれば、また別の方法もあるけれど、私小説的に自分を主役にし自分の周辺から取材した俳句が、一番確実で一番成功する確率の高い詠い方であると言えます。

しかし、いざ作句の実際に直面してみますと、どうやら自分の周辺から取材はしたけれど、いったいどうやって自分を主役にすればいいのか戸惑ってしまいます。その結果、作者の息づかいの感じられぬ句ばかりできてしまいます。

杣人に白湯をたまはり山開
香久山の見えゐる畦を焼きにけり
手造りのものを飾りて年迎ふ
風花や西行庵の前にゐる
秋草の道に夕潮にほひけり

これらの俳句はみな別々の作者です。どれもあるレベルには達していますし、これまでの失敗作の例に挙げたような句とはちがって、俳句雑誌に投句したらたぶん活字になるでしょう。そういう点ではいわゆる出来ている句です。

けれども、私などの眼でみると、何かもの足りない。もう一つ迫力に乏しい。ですから、読んで「ふむ、ふむ」と頷くことはできるけれども、「ああ、いい句ですね」とは言いにくいのです。その原因は作者の息づかいが感じられないことにあります。この五人の作者を私は知りません。知らないから、それで息づかいが感じられないというのではないのです。作者を知る知らぬにかかわらず、いい俳句には、俳句のうしろにいる作者を感じることができるのです。もっと言えば、その作者の生き方などがおのずから伝わってくるものです。

みなさんにそういったハイ・レベルの句を望んでいるのではなく、もうすこし、作者である自分を出すことを考えてみようということです。が、その自分を出すてだてがわからない。そうでしたね。それならいっそ言葉ではっきりと、「我」を使ったらいいというのがこの項の眼目です。

修二会僧女人のわれの前通る　橋本多佳子

東大寺二月堂の修二会を見たときの句です。僧と女人との組み合わせだけでも読者を刺戟しますが、その僧が修二会の行法に列なる僧であることと、その女人は「われ」であること、そして「われの前通る」によってその接点がぐっと高潮します。「われ」がつよい迫力をもたらしているわけです。「われ」が消えてしまうと、

修二会僧女人の前を通りけり

とでもするよりほかない。するとたちまち作者の息づきが失われ、さきに挙げた五句と同じような魅力のない句に変ってしまいます。

この作者には、

蛇いで、すぐに女人に会ひにけり　橋本多佳子

もあります。これは唐招提寺での作ですが、つくられた場所はこのさい関係ありませ

ん。「女人」のところを注目して下さい。前の修二会の句の表現を踏襲するとすれば、この中七下五は「すぐに女人のわれに会ふ」となります。けれどもこの句では「われ」を出してきません。表現すべき内容が「われ」を出すほどのこともないと直感したのでしょうが、しかし、「われ」は出てこなくても、この「女人」はまぎれもなく作者であることを感じさせ、なまなましとした息づかいを連想させるではありませんか。

　目白の巣我一人知る他に告げず　　松本たかし

鎌倉で療養生活をしていた作者ですから、病状のいいときの散歩の折にでもふと見つけた目白の巣でしょう。

　目白の巣一人知りをり他に告げず

でもひと通りの意は伝わりますが、一句の張りは雲泥の差です。「我一人知る」には、子供のころ、一人で秘密を持ってたのしんだような稚気さえ感じられて、なんとない微笑をさそいます。両句を見くらべて、「我」の有無にともなう一句の変化を知ってもらいたいと思います。

　以下の句も同様に、「我」「われ」「吾」のないばあいの味気なさを検討してみたいものです。

雷鳥もわれも吹き来し霧の中　水原秋桜子
わが肺も三色菫の鉢も寧し　石田　波郷
吾が啖ひたる白桃の失せにけり　永田　耕衣
われが来し南の国の朱欒かな　高浜　虚子
蜩のひとつわが目におきて聞く　松村　蒼石
雁がねの我に残しし声と思ふ　相生垣瓜人
扇風機われにとどかず見てをりぬ　上野　章子
みごもりや春土は吾に乾きゆく　細見　綾子

「我」「われ」「吾」のどの字を使うかは作者の好みの問題です。どれも同じと考えていいでしょう。

ただし、いつ「我」を使うか、そのへんの判断は作者がしなければなりません。「我」を使ったほうがぐっと迫力が出るばあいと、「我」を出すとくどくなるばあいとがあります。その判断力も修練によって自得するほかありません。

ただ、今日の俳句の一般的傾向として、どんな内容の俳句も、口あたりよく淡々としたつくり方が広まっていて、ド迫力に欠けるきらいがあるように思います。そういう句しかできぬ作者は、一度、くどいくらいの「我」を押し出した作句をして、その手応えを試してみることも、あながち無意味ではないと思います。

10　身体の部分も

絵葉書の風景写真を見て、もの足りぬ思いを感じたことはありませんか。写真としてはとてもよく撮れている。景色はいい、色も綺麗、その限りでは言うことはないのだけれど、やっぱり何かもの足りない。こういった経験はだれにもあるでしょう。私はその原因は人物が登場しないからだろうと思っています。それが証拠には、人物が点描されている風景写真には、そんな物足りなさを感じたことはないのですから。

前項で「我」を出せと言ったのは、それと同じようなことが俳句にも通用するからですが、「我」も、出る場面によってはくどくなることも、注意した通りです。けれども、「我」では出すぎるが、さりとて作者の息づかいを出さぬわけにはゆかぬ。何かの形、物で出したいという場面はしばしば出てきます。そういうときは身体のある部分をもってそれに代えるといい。

あたたかき夜やダイヤルにのばす手も　　中村　汀女

「手」が見事に活きています。「手」を出さぬつくり方ですと、

　あたたかき夜やダイヤルをまはさんと

　あたたかき夜のダイヤルをまはしをり

くらいのところです。これでは具体的な物が出てきませんから、一句の拠(よ)りどころ、鑑賞の糸口が見つからず読者は困ってしまうわけです。物を出さない、物に拠らないから、句が説明、報告になってしまうのですが、人も、人の身体の一部分も、物としてのはたらきを十分にしてくれるのです。汀女の句ではダイヤルにのばした手が、さながら生き物のように見えてくる。テレビドラマの一場面のアップを見るように躍動しています。したがって、「手」という物を通して今これから電話しようという作者像や、作者をとりまく雰囲気がおのずと連想されてくるわけです。「手」を出さぬ句とくらべて下さい。ひどい差であることに気づくはずです。

　手にとりて冬帽(ふゆぼう)古りしこと嘆(たん)ず　安住敦

　竜胆(りんどう)を摘(つ)む手に影をあつめけり　古舘(ふるたち)曹人(そうじん)

　てのひらに鮨(すし)なれてくる桃の花　桂(かつら)信子(のぶこ)

　韮(にら)束ねをり恙(つつが)なき小(こ)爪(つめ)あり　植竹(うえたけ)京子(きょうこ)

人妻の爪たてけぶる夏蜜柑　　鷹羽　狩行
蜻蛉の紅の淋漓を指はさむ　　篠田悌二郎
凍蝶に指ふるゝまで近づきぬ　　橋本多佳子

手、指などは一番使いやすい部分でしょう。身体の部分ではいつも一番よく動くし、よく見えるからですが、うまく使うことによって、ただ手や指ではなく身体全体、あるいは作者自身の心の内部まで、作品のうしろに感じさせることができます。まあ、このことは手や指のみにかぎらず身体の部分全部について言えることですが。

豊年や切手をのせて舌甘し　　秋元不死男
蚊を搏つて頬やはらかく癒えしかな　　石田　波郷
食べさせてもらふ口あけ日脚伸ぶ　　日野　草城
しぐるゝや目鼻もわかず火吹竹　　川端　茅舎
螢狩白歯のちからおもふべし　　飯島　晴子
昼前の瞼つめたき接木かな　　神尾　季羊
針祭る青眉雨をさそひけり　　酒井　鱒吉
せつせつと眼まで濡らして髪洗ふ　　野沢　節子

こう見ると、顔や頭の部分だけでもいろいろに使えることがわかります。このほかにも、まだ頭、耳、耳たぶ、顎(あご)、額(ひたい)、唇(くちびる)、睫毛(まつげ)、項(うなじ)、眦(まなじり)など、さまざまに詠われています。こうした部分を一つ出すだけで、作者の温(ぬく)みが作品の中に漂ってくるのです。

また、身体の部分を出すことは、必ずしも自分を詠うばあいだけに限ったことではない。自分の家族はもちろんのこと、自分の詠おうとする人物も、全体として捉えるより部分で捉えたほうが有効なばあいが多い。ことに対象を具象化できないで、いつも大づかみのまとまりのない句をつくっている人には、これがものを言ってくるはずです。

そんな例を挙げてみましょう。

早梅(そうばい)や尼(あま)の素顔(すがお)の障子より　森　澄雄
岩山に恋愛の胸夏の終り　鈴木(すずき)六林男(むりお)
百姓の腰骨すわる山神楽(かぐら)　中島(なかじま)斌雄(たけお)
面師(おもてし)がまづ眼をゑぐる雁わたし　天野(あまの)萩女(はぎじょ)
草笛に二の指たてて春日巫女(かすがみこ)　山本(やまもと)良明(りょうめい)
梨(なし)食ふと目鼻片づけこの乙女　加藤　楸邨

少年の毛穴十方寒の闇　飯田龍太

身体の一部分を出すことは、「我」よりも具体的です。それだけに具象性を要求される俳句にあっては、恰好(かっこう)の武器となる要素を秘めています。これをうまく使わなくては損です。ここに挙げた例は、身体の上半身だけで終りましたが、下半身の部分にも有効なものは少なくありません。自分の身体の中に、表現に使える宝がいっぱいあることを知ってもらいたいものです。

11　字余り

私が初学の頃、秋桜子の書いた鑑賞書で

掛稲(かけいね)の日々にへりけふ急にへりぬ　富安風生

という句を読んで、いたく感心したことを憶えています。感心したというと大先輩に失礼ですが、「なるほど、字余りも使いようでどうにもなるんだな」と、五・七・五のリズムの不思議さに、ちょっとばかり触れたような気がしたのでした。それで、私も意識的に字余りの作を何句か試みてみましたが、ことごとく失敗してしまいました。

やはり、五・七・五の韻律がしっかり身体の中に沁みついていないと、いくら意識的に字余りにしてその効果を狙っても、ものにはならぬのです。言葉を換えて言えば、リズムを意識した作者にとってはあるばあい、字余りも有効な技法の一つとなりますが、いいかげんにやった字余りは何の薬にもならぬのです。このことをまずしっかり認識しておいて下さい。

この風生句、掛稲が毎日すこしずつ減っていったのが、ある日急激に減った。というのは、その日の農作業が晴天と人手に恵まれて大いにはかどったことを暗示しているのですが、「急にへりぬ」の字余りで、作者の驚きをよく表わしています。「ぬ」の一音が無ければ定型で収まるけれど、これでは驚きも出ず、句としての「切れ」も無くなってしまいます。

焚火（たきび）かなし消えんとすれば育てられ　高浜虚子
雄鹿（おじか）の前吾もあらあらしき息す　橋本多佳子
税の数字よ小学生の日の蝌蚪（かと）よ　加藤楸邨

上五の字余りの句。前二句は六音、三句目は七音になっています。どんな字余りでも忘れてならぬことは、いつも五・七・五の基本の韻律を心においておくことです。これがないと、字余りの部分に冗長感が生じてしまいます。五・七・五定型の句をつくるときでも韻律を重んじなければならないが、字余り句では余計にそのことを注意する必要があるのです。

上五の字余りはわりあい処理しやすいと言えます。それは、上五で字余りにしても、中七下五が定型ならば、七・五のリズムが上五の字余り感を解消する役目をするからです。この三句を見てそんな感じがしませんか。

ねむりても旅の花火の胸にひらく　大野　林火

一樹(いちじゅ)無き小学校に吾子を入れぬ　石田　波郷

庭あれば残菊見えて黄か赤なり　星野　立子

下五の字余り句。下五の字余りはせいぜい六音にとどめておくべきでしょう。

さかしまにゐて蟷螂よこのまゝ暮るゝか　橋本多佳子

は下八という字余りですが、これは特別のばあい。作者のはげしい気息がこういう字余りにしたのであって、誰でも出来るというものではありません。それから、「雪の信濃」「飯くふ顔」「遠き冬木」などのように名詞止めの字余りになると、一句が重く鈍くなります。表現すべき内容をよく吟味しないと、字余りによって一句が毀(こわ)れてしまうおそれがあります。

鎌倉右大臣実朝の忌なりけり　尾崎　迷堂

空澄めば飛んで来て咲くよ曼珠沙華　及川(おいかわ)　貞(てい)

中七字余りの句。迷堂の句については前章で述べました。貞の作は字余りが作者の弾んだ心を伝えてくれます。共に中七の字余りで珍しく成功した例です。しかし、前章でも言ったように、私は中七の字余りの成功率はきわめて少ないと信じています。四十数年のあいだに私もたくさんの句を見てきましたが、そうした経験の上に立って、中七の字余りは避けたほうがいいと思うのです。

泥(ど)鰌(じょう)浮いて鯰(なまず)も居るというて沈む　永田　耕衣

牛を摶(う)てり薬師寺の杜(もり)かすむ道に　藤田　湘子

上五、下五が共に字余りの句です。六・七・六という形です。これは上五と下五とのバランスを考えています。すくなくとも私の句のばあいはそういう配慮をしています。上五が「牛を摶てり」でかなりつよい打ち出しだから、下五が「かすむ道」では受け止めるには弱いし、読み終ったあとリズムに余韻がありません。そこで「に」を一音加え、あえて字余りにしたわけです。このように、字余りはそこの部分だけの問題ではなく、一句全体のリズムに対する配慮が必要なわけです。

薔薇（ばら）の坂にきくは浦上（うらがみ）の鐘（かね）ならずや　水原秋桜子

上五中七下五の全部が字余りで六・八・六になっています。長崎の作で、薔薇の咲く坂道を歩いていたら、遠く鐘の音が聞こえてきた。あれは浦上天主堂の鐘の音ではないか、そういった句意ですが、原爆の被害に遭った長崎の街、さらには遠く弾圧によって命を絶たれたキリスト教徒に対する哀悼と、作者自身の旅愁とが溶け合って、この句を成さしめたものです。こうした複雑な心懐を五・七・五という型に収めることは秋桜子にとっては容易であったでしょう。けれどもリズムにそれを託すとなると、どうやっても納得できず、ついに六・八・六というリズムを得て完成したと思います。秋桜子は一句のリズムということをひじょうに大切にした俳人でありますから、この句を読んでもほとんど字余り感がなく、おのずと作者の心懐に誘いこまれるようになっています。

字余りも技法の一つと最初に言ったとき、「おや」と思われたかもしれませんが、以上の作例でわかってもらえたでしょう。推敲（すいこう）もろくにしないで結果的に字余りになった、などという句は、ここでは論外です。あくまでも五・七・五を基調として、そのリズムを忘れず意識的に用いた字余り句を挙げたものです。まず五・七・五のきちっとした定型句をつくる。そして、それがリズムのうえでもの足りなかったとき、字余りを考えてみる、そういうつくり方でないと成功しません。

12　色　彩

くれなゐの色を見てゐる寒さかな　　細見　綾子

ひじょうに単純明快な句です。誰にでもよくわかる句です。けれども、誰にでもこの句の滋味がわかるかというとそうではない。半分くらいは「なにがいいんだろう」と思い、中には、「これだったら自分にだってできそうだ」と不遜なことを考える作者もいるにちがいない。

「なにがいいんだろう」と思う人は、この句には入り口がないせいでしょう。「くれなゐ」という色はわかった。でもそれは、いったい何を表わす色だ。そう思って迷ってしまうでしょう。また、「これだったら……」と考える人は、たぶん「くれなゐ」の素晴らしさが呑みこめていないと言えます。この句が単純明快だけれど滋味深いのは、すべて「くれなゐ」によるものです。「くれなゐ」がどんな物のそれなのだなどと詮索しないで、ただひたすら読んでみることです。

（くれなゐの・いろをみてゐる・さむさかな）

芭蕉の言う舌頭千囀(せんてん)、これをやってごらんなさい。回を重ねるごとにだんだんと、「くれなゐ」が何の物の「くれなゐ」でもいいと思いはじめるにちがいない。その頃には、読者のイメージはまさに「くれなゐ」に染まり、と同時に、なんとなく寒さが身辺に漂いはじめたような感じにつつまれるにちがいありません。ここに至ってはじめてこの句の滋味がわかってくるのです。断っておきますが、この句ははじめから、意味を訴えたり求めようとしたものではありません。

一軒家(いっけんや)より色が出て春着の児(こ)　阿波野青畝

「野中の貧しい家から突然に女の児があらわれた。無邪気にはしゃぐ。その突然なおどろきを色が出てと言わしめた」と作者は自註しています。女の児だから春着の色は当然赤でしょう。赤と言わずに色と言ったのは、そうしたことも配慮されたかと考えられるけれど、赤ではなく特定しない「色」であることが、かえって鮮やかに赤を印象づけ、深みを加えています。野中の家ですから周囲は枯色、その中のまさに紅一点がきわ立っています。

削(けず)るほど紅(こう)さす板や十二月　能村登四郎

なるほど、こんな板がありますね。あか味をおびた板を鉋(かんな)で削る。その色がだんだん薄れていくのかと思っていると、反対にしだいに濃くなる。そんな思いとは違う結果になっていく軽い「おや」という気持が、よく伝わってきます。ここで注目したいのは「紅さす」です。凡手だったらおそらく「紅増す」でしょう。「さす」で、一枚一枚削るごとにほんの気持ほどはっきりしてくる色合いを、見事に表現しています。

以上三句、「くれなゐ」「色（赤）」「紅」を挙げましたが、俳句で用いられる色の頻度は、やはり白、赤、青などが多いようです。

休暇はや白朝顔に雨斜め　中村汀女
春浅し小白き灰に熾つくり　芝不器男
白をもて一つ年とる浮鷗　森澄雄
花藤や母が家厠紙白し　中村草田男

草田男の句。厠紙の白さのうしろに、藤の花のうすむらさきが漂うのを感じます。
こういう巧みな配色もあります。二つの色を二つとも表面に出した句では、

白牡丹といふといへども紅ほのか　高浜虚子
赤き火事哄笑せしが今日黒し　西東三鬼

などがあります。虚子の句は「紅ほのか」でかえって「白」をつよく感じさせていま

す。甘味を出すのに塩をちょっと使うようなもの。三鬼の句は、「赤」と「黒」の強烈な衝撃を狙って、一種異様な読後感をもたらしています。三鬼ならではの句ですが、こういうところは敬して近づかぬほうが得策。草田男のように一方は背景の色として用いるのが賢明でしょう。

馬の瞳も零下に碧む峠口　飯田龍太

鳥も稀れ冬の泉の青水輪　大野林火

堪へがたき海の青さに簀戸入るる　佐野まもる

まぼろしのあを〳〵と鯊死にゆけり　秋元不死男

どの色を用いるにしても、それが一句のポイントとなって読者に印象づけられるようになっていないと、色を出してきた意味はなく、ただうるさいだけに終ってしまいます。そしてまた、赤がどのような、青がどういうふうな連想を呼ぶかといった配慮も考えねばなりません。

さらに、用いる色はなるべく単純な色のほうが効果的です。赤、白、青などの頻度が多いのはそのためですが、複雑な色になればなるほど普遍性も乏しくなり、印象も散漫になってきます。それから、俳句では紫がなかなか厄介な色です。紫を使うとどうも甘ったるく、落ち着きません。これは憶えておいていいでしょう。

以上挙げたほかの色の句を抽いておきます。

連翹の黄のはじきゐるもの見えず　後藤　夜半
月の出の黄なる海へと蟇すすむ　山口　誓子
金色の仏ぞおはす蕨かな　水原秋桜子
かなしめば鵙金色の日を負ひ来　加藤　楸邨
人今はむらさきふかく草を干す　篠田悌二郎
桜の実紅経てむらさき吾子生る　中村草田男

13 数詞

俳句をつくりはじめたばかりの人の作品を見ると、必ず一つ、二つといった数を使った句が出てきます。

若芝に置かれて赤き椅子一つ
梅日和野点の席に咳ひとつ
柿の木にあそべる鳥の影二つ

こういった感じです。これを見ると、一つ、二つといった言葉が、どうしてもそうあらねばならぬということで使われているのではなく、「赤き椅子」「野点の席に咳」「あそべる鳥」と言ってから、そのさきどう表現したらいいのかわからない、うまい言葉が出てこない、それで足りない音数の辻褄合わせに使われているのがわかると思います。

俳句が一音一語もおろそかにしてはならぬことは、みなさんすでにわかっているでしょうが、ほんのつくりはじめの頃は、同じことをやった経験があるにちがいない。一とか二という数字だってやはり俳句の中の一語、心して使わねばなりません。

柊の花一本の香かな　　高野素十
一もとの姥子の宿の遅桜　　富安風生
一燈を消せば雪ふる夜の国　　加藤楸邨
使はざる一俵釜の夜長かな　　阿波野青畝
彼一語我一語秋深みかも　　高浜虚子

どれも一という数字が欠かせぬ作になっています。数字を使うことは、おおむね対象を限定することにつながりますが、一のばあいそれが特にはっきりしてきます。柊の花も遅桜も一本でなければならぬ。ただ「燈を消せば」でなく「一燈」である、みんなそういった一になっています。数詞の中でひんぱんに用いられるのは、一、二、三が断然多いし、わけても一が多いのですが、けっして辻褄合わせにしないこと。そして「一つ」「二つ」というふうに使うときは幼稚っぽくなるので、十分な注意が必要です。

桐の花電線二本過ぎゆくも　山口誓子
苗代（なわしろ）の二枚つづけるみどりかな　松本たかし
御手玉（おてだま）や二人の寒の女学生　石田波郷
玉葱（たまねぎ）を吊す必ず二三落ち　波多野爽波
鶏頭（けいとう）を三尺離れもの思ふ　細見綾子
野々宮（ののみや）や四五人よりて神迎（かみむかえ）　野村（のむら）泊月（はくげつ）
野の池を十日見ざりき咲く辛夷（こぶし）　水原秋桜子
門出て十歩すなはち秋の暮　安住　敦

一とか二とかのうちはまだそれほど問題にならないけれど、数がふえるにしたがって、その数の必然性が問われるようになります。「三尺」「四五人」「十日」「十歩」など、どれもこれ以外の数字ではさまにならぬようにできています。こういうふうに動かし難い数であること、ここが数詞の使い方のポイントです。

また、

山吹の三ひら二ひら名残かな　阿波野青畝

という句があります。「三片二片というように数を逆にかぞえるのは散って減りゆくイメージである」と作者は自註していますが、これは高度のテクニックであって、ふつう、数詞は小さいものから大きいほうへふやしていく。そのほうがリズムが快く安定するのです。

一重二重三重四重に山夕涼や　大野林火

犬一猫二われら三人被爆せず　金子兜太

筍や雨粒ひとつふたつ百　藤田湘子

「一重二重三重」「犬一猫二われら三人」で一・二・三というリズムが一句に活力をあたえています。私の句は、ぽつぽつとやってきたのが急に雨脚をつよめた、その感じを一、二から一挙に百まで飛躍することによって出そうとしたものです。もっとも、数の必然性が問われるのは一桁二桁のうちで、百、千、万というところになると、数そのものより多数、無数という意味あいになってきます。

千本の花に雪降る音ぞかし　京極杜藻
末枯や身に百千の注射痕　日野草城
五月なる千五百産屋の一つなれど　中村草田男
松の芯千万こぞり入院す　石田波郷

「千本の花」は吉野の作ですが、一目千本を踏まえているとともに、沢山のといった意味が含まれています。「百千」「千五百」「千万」も同様です。ふつうに「多数の」「無数」とか「たくさんの中の一つの」などというより、こうした数字の持つ迫力によって読者に訴えるわけです。

数詞は俳句にとってわりあい使いやすく、そして便利な言葉です。したがってふと不用意に使いたくなるものですが、見てきた通り、それにものを言わせようとなると、軽い気持では失敗します。むしろ、あえて数など出さぬほうがよかった、ということになりかねぬのです。便利な言葉は、それだけ陥穽もきびしいということを知っておくべきです。

14　地名を詠む

昔の小学生だったら誰でも知っていた俳句の一つに、

柿くへば鐘が鳴るなり法隆寺　　正岡子規

があります。子規はこの年（明治二十八年）日清戦争の従軍記者として渡った大陸からの帰途、船中で大喀血をして須磨でしばらく療養、八月下旬松山へ帰り、夏目漱石のもとに五十余日寄寓した後で帰京します。帰京の道筋は広島、須磨、大阪、奈良というぐあいですが、奈良に数日滞留して作句に励んだときの一句がこれです。簡潔でわかりやすいから子どもたちにも親しまれたのでしょうが、昔の俳句、なんぞというとこの手が多かったのですね。

初冬の竹緑なり詩仙堂　　内藤鳴雪
蒼空の松の雪解や光悦寺　　野村泊月
秋深し神馬も恋ふる五十鈴川　　石井露月

考えてみれば下五は固有名詞、上五か中七の一部は季語である。すると作者が案出しなければならぬ言葉はたったの七音、これはラクなもんです。そんな安易さが忌避されたのでしょう、今はこの手の詠い方はほとんど行われていません。けれどもこれらの句を見て私が、なるほどと思ったのは、句に詠みこまれた寺や川がみなれっきとしたところであることとです。地名（建造物も含めて）を詠うときの要点は、

①その名に普遍性があること。

②言葉としておもしろいひびきやイメージを持っていること。

この二つのどちらかです。ここに見られる法隆寺、詩仙堂、光悦寺、五十鈴川はたいていの人なら知っています。知らないという人は、芭蕉言うところの「東海道の一すじもしらぬ人、風雅に覚束なし」で発奮すべしであります。で、たとえば、自分のところの菩提寺（ぼだいじ）がいくら立派でも、自分の町の山がどんな桜の名所であったとしても、その名を知らぬ人のほうが全国的に多かったとしたら、これは普遍性がないわけです。普遍性のない地名を詠みこむことは、地名を知らぬ人には関係ない句という結果になってしまう。つまり、作者みずから読者、理解者の数を、はじめから減らしているようなものです。

こうした当然のことをときどき忘れてしまう人がいる。だからナントカ寺と詠われても、こちら、さっぱりわかりませんということになるんですね。

第二の言葉としてのおもしろさ、これは例句で見ましょう。

祖母山も傾山も夕立かな　山口　青邨

祖母山、あの阿蘇山の東に位する標高一七五六メートルの山、大分・宮崎県境にあって北は竹田市、南は高千穂町です。この山の東の尾根つづきに位置するのが傾山(一六〇二メートル)で、付近は祖母傾国定公園になっている。ですから、祖母山の名は九州地方の人は当然知っているでしょうけれど、他地方の人たちはどうか。私は少年の頃、地図を見るのが好きでしたから憶えていました。が、この句は祖母山より傾山のほうが問題、この山名が夕立をすごく感じさせるのです。

(そぼさんも・かたむくさんも・ゆだちかな)

こう一息に読んでみると、祖母山を覆った夕立雲がたちまち傾山も隠し、作者のいる場所へ襲ってきた、そんな感じになる。(かたむくさん)の語呂が効いていて、さながら山容まで傾くようなはげしい夕立を感じさせるではありませんか。夕立ぴったりの山名です。

そんなわけです。普遍性のない地名は、言葉のおもしろさが必要だとわかっていても、おもしろいかおもしろくないかは個人差がある。そのへんの判断がうまくいくかどうか。それと、ほかの言葉とのひびき合いがうまくいくか否かもポイントの一つです。

浪音の由比ヶ浜より初電車　高浜虚子
東山静に羽子の舞ひ落ちぬ
奈良坂の葛狂ほしき野分かな　阿波野青畝
水ゆれて鳳凰堂へ蛇の首
合歓咲いてＤ５１老いぬ羽越線　加藤楸邨
淡雪の消えてしまへば東京都

前四句、由比ヶ浜、東山、奈良坂、鳳凰堂といった由緒ある地名、建造物名が、さすが十分にはたらくように使われています。そして、こうした固有名詞だけが一句の中で威張っていないで、むしろほどほどにあって、ほかのフレーズを引き立てているところが見事です。普遍性のある固有名詞はこうした使い方が一番ふさわしいのです。

楸邨の句は、羽越線、東京都などあまり情趣のない固有名詞を、ちゃんと心得て使っています。あえぎあえぎ走る古いＳＬとローカル線。淡雪が消えてしまうと、束の間は趣のあった東京都も、もとの無味乾燥な都会になってしまったその味けなさ。うまいものです。

若菜野や八つ谷原の長命寺　石田　波郷
ふるさとの喜雨の山王村役場　高野　素十

「八つ谷原の長命寺」は、作者の住んだ東京都練馬区に古くから伝えられた数え唄の一節。その中に自宅に近い寺の名が出てきたので、うち興じて詠んだものです。素十は茨城県北相馬郡山王村出身。この山王村は普遍性がありませんが、「ふるさとの」でちゃんとわかるようになっている。それに「山王村役場」とつづけたので、田舎の木造の、いかにも古びた建物が、沛然たる喜雨の中に立っているさまが見えてきます。

普遍性の乏しい地名を詠うには、よほどの配慮と手腕がないと失敗します。反対に、普遍性のあるそれは、ある種の雰囲気を持っていて俳句には使いやすいのですが、安易にとりこむことは避けたいものです。

私は、吟行などで出かけるとき、現地ではたやすく「信濃かな」とか「みちのくの」など地名を句に入れてはいけない、と戒めています。ムードに酔って、対象を見る眼が鈍くなるからです。ムードある地名が活きるのも死ぬのも、それを行使する作者の、描写力如何にかかっていることを忘れてはなりません。

15　人名を詠む

俳句では芭蕉忌、子規忌、啄木忌、西行忌などのように、有名な故人の忌日を季語として扱っています。が、ここで扱おうとするのは忌日ではなく、生者死者、有名無名を含めての人名をどう詠むかということです。

まず、のっけから自分を詠んだ句を見てみましょう。

日野草城かくれもあらず湯の澄に　　日野　草城
蜩や草田男を訪ふ病波郷　　石田　波郷
げじげじよ誓子嫌ひを喝ひまはれ　　山口　誓子

草城の句、ずばり自分自身です。「湯の澄」は季語「水澄む」の変形かもしれませんが、草城の作風からいってこれは無季の句でしょう。病床にあった草城が久しぶりに入浴して自分の衰えた肉体を眺めている。「かくれもあらず」と気張ったような表現ですが、それだけにものがなしさが沸々と感じられてなりません。

波郷の句。ここには草田男も出てきます。共に松山の出身、共に人間探求派と呼ばれて多くの俳人に影響をあたえました。が、訪問者の波郷は胸を病んでおり、訪問される草田男は健康で活躍しています。自分の号の上に「病」を付した、そこに波郷の心懐をうかがうことができます。蜩のこえが象徴的。

誓子の句。前二句とはちょっとちがう使い方です。自分の作品が嫌いで、いつも悪意の批評をするあいつとあいつ。私が嫌いなげじげじよ、私を嫌いなあいつらの上を匐いまわってやれ。あまり喜怒哀楽をあらわにしない誓子が、この句ではそれを激しく出しています。もっとも句のうらにはおのずからユーモアも漂っていますが。

三者三様に詠っていますが、このようなばあいも、地名同様やはり普遍性がなくては困ります。誰にでもやれるというものではない。たとえば、凸山凹平という俳人がいて、「凸山凹平かくれもあらず」とか「凹平嫌ひを匐ひまはれ」とやったところで、見向きもされません。だから、このやり方は著名俳人だけのものと言えましょう。

では、誰でもが詠えるのはどんなふうか。

武者さんの絵にはなりさう種(たね)の薯(いも)　阿波野青畝

モジリアニの女の顔の案山子(かがし)かな

羽子板や母が贔屓(ひいき)の歌右衛門　富安風生

これなら誰にでもできます。武者小路実篤もモジリアニも直接知らなくていい。ころがっている種薯を見て、武者さんの絵になりそうだと思う。そう言われると種薯の形状が実篤の絵とダブって見えてくる。実篤の絵なら、みんな一度や二度は見てるでしょうから。また、「モジリアニの女の顔」といえば、これまた大方の連想に浮かぶところ。そんな感じの顔の案山子をにやりと眺めている作者。

風生の句は羽子板絵ですが、歌右衛門によってひろがるイメージが、羽子板のあでやかさを伝えてくれます。俳優の名を巧みに使ったと言えましょう。

無名の人はどう詠めばいいか。

おはん居の屛風開きに招かれし　高浜　虚子

飛驒の生れ名はとうといふほととぎす

色足袋のみつ子みなし子湯女づとめ　高野　素十

虚子の第一句。おはんは武原はん、無名だなんて言ったらおこられますが、武原はんの名を知らぬ人でも、「おはん」「屛風開き」とくれば、なにやら粋筋のたのしそうな集まりらしいと感じるはず。軽く読み捨てたような詠い方だけれど、ツボはぴしりと押さえています。第二句は上高地に遊んだときの作。上高地の旅館に飛驒側の村からはたらきに来ている女性です。これも「飛驒の生れ」の「とう」という名なので、素朴でよくはたらきそうな少女が想像されます。見事な句です。

素十の句。これもどこかの温泉宿でしょう。酒でも飲みながら身の上話を聞いた感じ。「みつ子みなし子」に哀調をともなったリズムがあり、「色足袋」の「色」がよく効いています。この色、きっと赤だろうと私は思うのですが。

この三句、おはんにしろ、とう、みつ子にしろよくところを得ています。これを今日風の洒落た名にしたらぶちこわしになります。無名の人名は、詠うべき内容や状況設定と密接に関連しています。よく吟味することです。

露人ワシコフ叫びて石榴打ち落す　　西東　三鬼
陳氏来て家去れといふクリスマス
陳さんの処方の験や牡丹の芽　　水原秋桜子

無名の外国人もこうして登場してきます。

三鬼の二句は、戦後間もない神戸時代の作。いわゆる三鬼館にあって、各国の人たちと同じ屋根の下に暮らしていたときのものです。第一句。露西亜人、それにワシコフという名がいい。いかにも外国人らしい大声で叫んでいる感じがしてきます。これがロマノフとかチェルネンコでは話になりません。第二句の陳氏は家主でしょう。クリスマスの日にやって来て「出てゆけ」と言われても年の瀬、困ってしまうわけですが、「陳氏」と一応敬意を表しているところが、おかしくもありあわれでもあります。

秋桜子の句。こっちは「陳さん」です。陳さんは秋桜子夫人の打身の治療をしてくれる人。あちこち医者を替えてみたがはかばかしくない。そこで人に紹介された陳さんに診てもらったら、その処方の薬でめきめき恢復したという句です。

人名もまた地名と同じように、普遍性をもったものを使うほうが無難ですが、そのばあい、その人の業績や特徴を熟知しておくことが必要です。あてずっぽうで使っても効果はあがりません。

また無名の人でも外国人名でも、これまで見てきたようにおもしろい句のできる可能性があります。けれども人名のもつ雰囲気と詠うべき内容とが、うまく嚙み合っていることが必要で、そのへんの判断ひとつで成否が分かれるでしょう。

16 慶弔と贈答の句

俳句をつくっていれば、慶弔にあたって何度か一句ものしたいと思うことがあります。自分ではさして作句する意欲がなくても、他から求められて慶意弔意を表現しなければならぬこともあるでしょう。

また、慶弔というさし迫ったばあいでなくても、対人関係で自分のなんらかの意を伝えるとき、くどくどと手紙を書くよりは、俳句をもって代えるほうがはるかにスマートで嬉ばれることがあります。

ずいぶん古い話ですが、明治四十一年九月十四日、修善寺温泉に在った高浜虚子にあてて東京から電報がとどきました。発信人は松根東洋城。電文は、

センセイノネコガシニタルヨサムカナ　トヨ

というものでした。（先生の猫が死にたる夜寒かな　東洋城）です。ここでいう先生は夏目漱石、猫は、もちろんあの「吾輩は猫である」のモデルになった猫です。小説「吾輩は猫である」は虚子の「ホトトギス」に、明治三十八年一月号から翌三十九年八月号へかけて十回にわたって連載されたもので、「猫」の載らぬ号は「ホトトギス」の売行きが落ちたと言われるほど評判をとったものでした。東洋城の電報にはそういった背景があります。

虚子は早速返電します。

ワガハイノカイミヨウモナキス丶キカナ

（吾輩の戒名もなき芒かな）です。読んでひじょうにたのしいし、また見事な応酬だと思います。簡潔な俳句の表現と、短く要点を伝える電報の性格とがよくマッチしているので、電報で慶弔の句を贈ることは、今日でもよく行われています。

高浜虚子と久保田万太郎は、こうした慶弔贈答句の名人でした。二人の作品を並べ

てみましょう。

清閑(せいかん)にあれば月出づおのづから　　高浜虚子

退官せし横田前大審院長に

而(しこう)して蠅(はえ)叩(たた)きさへ新しき

佐藤眉峰結婚

藪(やぶ)の穂の動く秋風見て居るか

たかし庵にて主人に

たとふれば独楽(こま)のはぢける如くなり

碧梧桐追悼

椿子(つばきこ)と名附(づ)けて側(そば)に侍(はべ)らしめ

山田徳兵衛女人形を贈り来る

あきくさをごつたにつかね供(そな)へけり　　久保田万太郎

友田恭助七回忌

盆の月ひかりを雲にわかちけり

横山隆一君、結婚披露宴にて

すなはちこたふ

逢へばまた逢つた気になり螢籠

耕一、死去

春の雪待てど格子のあかずけり

忠七、老いたり

永き日や機嫌のわるきたいこもち

詞書と照らし合わせて俳句を読むと、局外者の私たちもその場にあって、作者とおもいを同じくしているような気分に誘われます。虚子と万太郎とでは微妙に詠いぶりが異なっていますが、詞書とよく照応している点はどちらも共通しています。

虚子はこうした慶弔贈答句について、

慶弔贈答の句は、その意味が一方にあって、四季の諷詠が一方にある。その両者が一つになったところに慶弔贈答の句の妙味があるのである。

その場合慶弔贈答の意味のみが強く出て、四季の諷詠のおろそかな句は、句としてまずい。

慶弔贈答の句にはまずいものが多い。

そのことをよく考えてみるがよかろう。

と書いています（『虚子俳話』）。慶弔贈答句の要諦はこれに尽きると思います。虚子の言うように、今日、慶弔贈答句にあまり見るべきものがないのは、意味のみを強く出そう出そうという意識がつよすぎて、もう一方の自然観照がおろそかになってしまうためと思われます。私なども贈答句をつくるばあいは、虚子の言葉を忘れず、意味を抑えよう抑えようとしてつくることを心がけています。

虚子はまた、贈答句で心しなければならぬのは季語の選択だと言っています。なるほど、そういう眼で見ると、掲句の「蝿叩き」や「独楽」は、それだけでもう贈った人と作者との親密度やかかわり方が想像されるようです。これも贈答句をつくるポイントでしょう。

また、贈答句には詞書が当然つかわれますが、これにも十分な心くばりが必要です。次に出てくる俳句とのひびき合いをよく検討することが大切、短い詞だからといって馬鹿にしてはいけません。

詞書といえば、

あてかいな　あて宇治の生まれどす

茶畠に入り日しづもる在所かな　芥川龍之介

の素晴らしさが忘れられません。詞書でもうその人のすべてが想像されるようです。

芥川龍之介の長逝を深悼す

たましひのたとへば秋の螢かな　飯田　蛇笏

悼斎藤茂吉先生

残雪や「くれなゐの茂吉」逝きしけはひ　中村草田男

桂郎一女を挙ぐ

男手に鯊の煮えたる産屋かな　石田　波郷

これらも虚子、万太郎とはまた別の趣があります。味わって下さい。

佳句を味わう

鎌倉を驚かしたる余寒（よかん）あり　高浜（たかはま）虚子（きょし）

大正三年作。句集『五百句』所収。
季語の余寒は、寒が明けてからの寒さで、暦のうえでは立春は過ぎていても、まだなお寒さは残っている。春といっても名のみといった時期の寒さである。虚子は明治四十三年に東京から鎌倉に移住し、昭和三十四年に亡くなるまでそこに居を定めた。つまり、鎌倉文士の草分けといっていい。当時の鎌倉は避暑避寒の地であり保養の地であった。その温暖の鎌倉を、ある朝突如としてきびしい余寒がおそった。思いがけぬ寒さに人々は驚き、口々にそれを言い合ったにちがいない。

鎌倉という土地の名のもつイメージが大きくはたらいている。温かい土地だから驚きの大きさがよけい感じられるわけである。一本の棒のような表現の効果も見のがせない。

高浜虚子（一八七四〜一九五九）は松山市生まれ。河東碧梧桐（かわひがしへきごとう）と並ぶ子規門の高足。明治、大正、昭和三代にわたり俳壇に君臨した。

街の雨鶯餅がもう出たか　富安風生

昭和十二年作。句集『松籟』所収。

いまはすべてに違ってきたけれど、この句のつくられた時分は、衣食住すべてに四季の繊細な美意識が沁みとおっていた。餅菓子にしても例外ではなかった。

やわらかな雨の街を作者は歩いていた。この雨があがれば、またいっそう春のけはいが濃くなるだろうと思う。ふと気がつくと、菓子屋の店さきにはり紙が出ている。なつかしい字で〝うぐいすもち〟とある。まだ何日か先のことだろうと漠然と考えていた作者の眼に、うぐいす色をしたそれがまぎれなく並んでいるのである。

「もう出たか」という口語表現が、作者の率直なよろこびを伝えている。うぐいすもちを介して、まぎれなくやってきた春の感触を、子どものようによろこんでいることがわかるのだ。

富安風生（一八八五〜一九七九）は愛知県生まれ。東大から逓信省に入り昭和十二年逓信次官をもって退官。俳句は大正九年以来、高浜虚子門に入り洒脱な作風で知られた。

じゅぶじゅぶと水に突込む春霰　岸田稚魚

昭和四十九年作。句集『雪涅槃』所収。

俳句では、ひたすら眼前の対象を見つめて、意味だのことわりだのを無視して、しかも、その結果がどういうことになるかなど考えず、写真でいえば、ただシャッターチャンスの僥倖にゆだねる——そういった詠い方をするときがある。この句がまさにそれ。春の霰が次々に水面にふれて消える。その一瞬をどう活写するか、その一点にのみ命を懸けたような詠い方の句である。「じゅぶじゅぶ」の擬音は、だからそうした凝視の末に出てきたもので、これを口にして確かめたとき、作者は微笑をたたえたにちがいない。そしてこの擬音は、霰が消えながら讃えている春の歌でもある。

岸田稚魚（一九一八〜一九八八）は東京生まれ。石田波郷に師事し「鶴」同人。波郷没後「琅玕」を創刊、主宰した。

紅梅の一樹を裹むしんのやみ　　松村　蒼石

昭和四十六年作。句集『雪』所収。

紅梅が咲いた。あざやかな紅い花びらが、差し交わした枝をいろどっている。春にさきがけて咲く梅は、紅梅にしろ白梅にしろ凛とした趣があって、とくに咲きはじめたころのすがしさやその芳香は、なんとも言えない。

この紅梅は、たぶん作者の家の庭にあるものだろう。永年その季節になるとたのしませてくれたものだが、年ごとにその美しさが心に沁みるのは、それだけ自分のよわいが深まったためだろうか。そんなことを思う。

夜が来て、深い闇が庭をつつんだ。電灯を消して寝に就こうとするとき、ふと、昼に見た紅梅の美しさを思いおこした。作者は、この真っ暗な闇の中に立って花を咲かせる紅梅を、昼見るよりもあざやかに脳裏に描き出しているのである。

松村蒼石（一八八七〜一九八二）は滋賀県生まれ。十九歳の時から作句。後、飯田蛇笏の「雲母」に入り、同誌の最長老として堅実な作風を示した。

連翹（れんぎょう）の雨にいちまい戸をあけて　長谷川素逝（はせがわそせい）

句集『ふるさと』（昭和十七年刊）所収。

「連翹の雨」は俳句的省略語で、連翹の花に降る雨、あるいは連翹の花の咲くころに降る雨といった意味。この場合は前者の意味で、部屋の中から庭先の連翹に降る雨を眺めている図と思えばいい。

雨はもちろん春雨だから、音もなく銀糸のようにこまやかに光っている。暖かい。その暖かさにつられて、閉めきってあったガラス戸を一枚あけてみた。さすがにまだ、いくぶんはひやりとするが、それはもう冬のものではない。春の快いつめたさである。

——そんな気分が、この作者独特の、流れるような一句のリズムの中に感じられるはず。

長谷川素逝（一九〇七〜一九四六）は大阪生まれ。高浜虚子門。晩年は清澄にして繊細な句境、流麗なリズムによって田園風景をうたった。

春月（しゅんげつ）に山羊（やぎ）の白妙（しろたえ）産（う）まれけり　野見山朱鳥（のみやまあすか）

句集『曼珠沙華』（昭和二十五年刊）所収。

みずみずしい春の月が出ている。三日月や半月ではなくて、満月に近い大きな月であろう。

農家の庭隅の小屋で、ヤギが生まれた。さきほどからお産が近いというので興味をもっていた作者は、知らせを聞いてさっそくヤギの小屋へ行ってのぞいてみた。小さい真っ白な子ヤギが、親の足もとにいてかわいい声で鳴いていた。

画家になろうとして、肺患のためその志を果たせなかった作者は、なんといってもその白さに心をうばわれた。どういう言葉でそれを表現したらいいか——。「白妙」という言葉を得たとき、おそらくにっこりと得心の笑みをもらしたにちがいない。

野見山朱鳥（一九一七〜一九七〇）は福岡県直方市生まれ。虚子門。戦後すぐ「ホトトギス」のスターとして華々しく登場、後に「菜殻火」を創刊、主宰した。

麗しき春の七曜またはじまる　　山口誓子

昭和十六年作。句集『七曜』所収。

毎年、春になると、私はこの句を何回も朗唱して、春が来たのだという実感をかみしめる。声を出してこの句を読み返していると、春のまぶしい陽光が目のまえにひろがって、生きることの喜びがわいてくるのである。

「七曜」という言葉が、実にあざやかに使われている。意味のうえから言えば一週でもいいようなものだけれど、七曜と一週とでは、言葉のひびき、イメージのひろがりがまるでちがう。七曜だからこそ、明るい外光、木々の芽吹き、花の色彩、鳥のさえずりなどなどがはればれと連想されるのである。事務的なひびきのする一週では、こうした連想はうかびようもない。ともかく、これほど歓喜あふれた春の俳句を、私はほかに知らない。

山口誓子（一九〇一～一九九四）は京都市生まれ。虚子門の俊秀として早くから注目され、秋桜子とともに俳句革新運動の先駆をなした。戦後は「天狼」を主宰。

天心にして脇見せり春の雁　　永田耕衣

句集『吹毛集』（昭和三十年刊）所収。

「天心」は空のまんなかの意。蕪村に「月天心貧しき町を通りけり」がある。

春になって、雁が北へ向って帰っていく。雁行という言葉どおり、見事な編隊を組んで飛んでいくのだろう。その列が天心にかかったとき、中の一羽がふとわき見をしたというのである。実際にそんな情景があるはずはない。仮に、あったとしても、肉眼で見えるはずもなかろう。けれども、こう言われると私は、ちょうど小学校の新入生がするように、いたずらざかりの若い雁が茶目ッ気をおこしたのだろう、と思いこまされてしまう。あたたかく、なつかしい笑いにひきこまれてしまうのである。

俳句の本質の一つに滑稽ということがあるが、これほどあたたかくて上質の笑いは、そうざらにあるものではないと思う。

永田耕衣（一九〇〇～一九九七）は兵庫県生まれ。数種の俳誌を遍歴したが昭和二十四年以降「琴座」を主宰。法悦的な独自の作風を進展させた。

おぼえある橋も流れも春ゆふべ　　上村（うえむら）占魚（せんぎょ）

昭和五十三年刊。句集『占魚抄六百句』所収。

「家郷人吉」の前書がある。作者の郷里である熊本県人吉市に、久しぶりに帰ったときの作。〝ふるさと〟は古来、詩歌にとって大きなテーマのひとつ。したがって数々の名歌名句が残されているわけだが、この句もまた、駘蕩（たいとう）した春の雰囲気の中に、泉のような懐旧の情があふれていて、佳吟と言うにはばからない。

人吉市は球磨（くま）川中流域に位置するから、市内にはいくつかの橋がこの川に架かっていて、趣ある風景がひらけているのだろう。その橋のひとつに立った作者の脳裏には、少年のころの思い出が次から次へ去来したにちがいない。折しも春たけなわの夕ぐれ。淡くたおやかな情感に、作者はしだいにおぼれてゆくのである。

上村占魚（一九二〇～一九九六）は人吉市生まれ。高浜虚子、松本たかしに師事。写生を基調としつつも叙情性あふれる作風が特色。「みそさざい」主宰。

春ひとり槍（やり）投（な）げて槍に歩（あゆ）み寄（よ）る　能村登四郎（のむらとしろう）

昭和四十二年作。句集『枯野の沖』所収。

青年がひとり、グラウンドでヤリ投げの練習をしている。広いグラウンドにはほかにだれもいない。青年の投げたヤリは、そのグラウンドの上空にゆるい弧をえがいて飛び、数十メートル先の地上に突きささる。その飛距離をたしかめるように見まもっていた青年は、やがてゆっくりと歩き出してヤリに近づいてゆくのである。

一度だけではない。そうした単調な練習を、青年は何回もくりかえして余念がない。そして作者は、青年の動きに心ひかれて、さきほどから練習ぶりを見つめているのである。陸上競技にかくべつ関心があるわけではないのだが、青年の姿になにか孤独を感じ、自分の青春時代と見くらべていたにちがいない。

能村登四郎（一九一一～二〇〇一）は東京生まれ。秋桜子門。昭和四十七年、「沖」を創刊、主宰。

高空は疾き風らしも花林檎　　相馬遷子

句集『山国』（昭和三十一年刊）所収。

作者の住んだ信州小海線沿線の風景である。林檎園はいま花ざかりで、白い花が高原の澄んだ日ざしをいっぱい浴びてかがやいている。北に浅間山、南西に八ヶ岳、そんな広い景を想像すればいい。

地上はおだやかな日和だけれど、上空は速い風が吹きつのっているらしく、明るい綿雲が西から東へつぎつぎに流れていく。作者は恍惚と目を細めて、その雲足を眺めるのである。高原の一番美しい季節の中に身を置いて、山国に住むことのしあわせをしみじみと感じている。そんな様子がこの一句のリズムから、しみじみと伝わってくるようである。「高空は」の大きさ、「疾き風らしも」の優雅さが林檎の花の美しさとふれ合って、そう感じさせるのである。

相馬遷子（一九〇八～一九七六）は長野県生まれ。水原秋桜子の「馬酔木」に在って、高雅清澄な自然詠をなして、同門の後輩に大きな影響をあたえた。

松籟や百日の夏来りけり　　中村草田男

昭和十三年作。句集『火の鳥』所収。

松籟は松の梢を吹く風。その松風のひびきを聞きながら、さあ夏がやってきた、という心のきおいを見つめているのである。この作者には「毒消し飲むやわが詩多産の夏来る」の作もあるから、夏は体質に合った季節なのだろう。が、そうでない人にとっても「夏来りけり」はさまざまな決意や思いをもたらすはずだ。「百日の夏」といったところが一句の眼目、ここから日光の直射のきらめくイメージがひろがっていくとおもう。

中村草田男（一九〇一〜一九八三）は、中国厦門生まれ。句誌「萬緑」を主宰し、石田波郷、加藤楸邨と共に人間探求派と称され、昭和俳壇に一時代を画した。


木の卓にレモンまろべりほととぎす　　草間時彦

昭和二十六年作。句集『中年』所収。

自註で、作者はただ一行、「わが俳句、純情なりしころの作」と書いている。三十歳を出たばかりのころの、いわゆる若書きである。そしてこの句は、若書きの句の持ついいところをみんな具えている。

まず、素材がフレッシュである。「木の卓」「レモン」「ほととぎす」これだけで軽井沢あたりの山荘の初夏が匂ってくる。また、表現が素朴で、しかもいきいきしている。若々しい感情が躍動している。そして、それらを通して青年のみずみずしい夢が感じられてくるのである。

若い時、こういう素材をこういうふうに詠える時期を持った俳人は、しあわせだと思う。作者はいささか照れて自註しているが、若書きのたのしさを見せてくれる一句である。

草間時彦（一九二〇〜二〇〇三）は東京生まれ。秋桜子、波郷に師事し、波郷没後は無所属。

鹿（か）の子にもものの見る眼（まなこ）ふたつづつ　　飯田（いいだ）龍太（りゅうた）

昭和五十四年作。句集『今昔』所収。

いつか奈良公園で見た鹿の子のかわいさを私は思い出した。うういしい動作で親鹿について行くさまは、なんともほほえましいと思った。昔から「鹿の子まだら」という語があるから、鹿の子の特徴は、あのみずみずしい毛の斑点にあるのかもしれない。が、この句では眼をとらえている。ぬれたような、うるんだ眼が想像される。

しかし、この句の優れているところは、そうしたかわいさ、ういういしさにおぼれることなく、一歩踏みこんで、「もの見る眼」として把握したことである。このために、鹿の子のもつ生命力といったものまで、読むものに感じられてくるのである。そして「ふたつ」という当然なことばが、ふしぎなリアリティーをもっている。

飯田龍太（一九二〇〜二〇〇七）は山梨県生まれ。父蛇笏の没後、昭和三十七年から「雲母」を継承、主宰。

人違ひされて涼しく否といふ　　星野　立子

句集『実生』（昭和三十二年刊）所収。

だれでも一度や二度は人違いされた経験はあると思う。人違いと分かったときのばつの悪さ。人違いしたほうもされた人も、一瞬応答に窮してしまう。この句、そんなところを実に軽妙にうたっている。暑い日中のことだから、人違いされて機嫌いいはずはないのだけれど、間の悪い思いをした相手に、さりげなく、涼しげに「いいえ」と答える。そんな思いやりが「涼しく」のうしろに感じられるのである。

俳句は、自然の雄大な景観をうたい、個人の深い重い想念を表現することも可能だが、この句のように軽い一瞬のタッチで人生の機微が詠えることも大きな特色。この作者はそういった作に佳吟が多い。

星野立子（一九〇三〜一九八四）は東京生まれ。高浜虚子の二女。中村汀女、橋本多佳子らと共に今日の女流全盛の先駆をなした。

祭笛吹くとき男佳かりける　橋本多佳子

句集『紅絲』（昭和二十六年刊）所収。

俳句でただ単に祭というときは夏祭のことで、他の季節の場合は春祭、秋祭というふうに用いる。

この句は「戦後はじめて京都祇園祭を観る」の前書があり、同時作に「ゆくもまたかへるも祇園囃子の中」「祭笛うしろ姿のひた吹ける」などがあるが、上掲句が格段にすぐれている。祭見物の群衆の注視の中で、ひたすら笛を吹きつづける男、おそらく、若くいなせな男ぶりで、だれの眼にも灼けつくような印象を与えたにちがいない。その印象をズバリ「佳かりける」と言いきったところに、この作者の本領が躍如としている。「罌粟ひらく髪の先まで寂しきとき」と詠んだはげしい情念の世界と、相かようものがここにあると言えるだろう。

橋本多佳子（一八九九～一九六三）は東京生まれ。山口誓子に師事。みずみずしい情感の所産になる多くの愛誦句を遺した。

冷奴隣に灯先んじて　石田波郷

昭和十六年作。句集『風切』所収。

この二、三十年の食生活の変りようは驚くほどだが、その中で豆腐だけは昔も今も変りなく庶民に愛好されている。いや、むしろこのところ評価は急上昇で、諸外国でももてはやされているという。栄養価が高く安価なことがその一番の理由であろう。わけても、冷奴で晩酌というのは夏のたのしみの一つ。酒飲みでなくてもあのひやりとした舌ざわりは、一日の疲れを忘れさせてくれる。「隣に灯先んじて」は夕方、隣家より早く電灯をともしたの意。はやばやとしつらえられた夕餉（ゆうげ）の座を想像させるわけだが、「先んじて」あたりに心のはずみが感じられてくる。この作者の作としては、さほど知られた句ではないが、人間味のあるなつかしさが、なんともたのしい。

石田波郷（一九一三〜一九六九）は愛媛県生まれ。秋桜子門にあって年少のころから頭角を現わし、古典復帰、韻文精神を強調して俳壇に大きな影響をあたえた。

滝落ちて群青（ぐんじょう）世界とどろけり　水原秋桜子（みずはらしゅうおうし）

昭和二十九年作。句集『帰心』所収。

那智の滝を詠った句である。風景俳句を得意とする作者が、その手腕を遺憾なく発揮した作で、単純化のもたらした強いひびきが一句をつらぬいている。これは、なんといっても「群青世界」という造語の的確さに負うところが大きいわけであるが、このことばによって、滝をとりかこむ杉木立の深いみどりが、あざやかに想像されてくるし、また、そのみどりに反響して落下する滝音の中に、わが身を置くような思いにさそわれてくる。誦して厭(あ)きない句である。

水原秋桜子（一八九二～一九八一）は東京生まれ。昭和の初頭、山口誓子と共に俳句表現の革新を果たし、多数の俊秀を育てた。

白地(しろじ)着てこの郷愁(きょうしゅう)のどこよりぞ　加藤(かとう)楸邨(しゅうそん)

昭和十四年作。句集『颱風眼』所収。

夏、男の着る白がすりは、はた目にも涼しげであるが、着た本人もさっぱりとした心軽やかな気分になる。そんなとき、ふとわきおこった郷愁。これはいったいどこから来るものかと、自分を見つめているのだが、都会生活の中に身をおくと、ときどきこうした心理の翳(かげ)りを感ずることが少なくないようである。

もっとも、作者は東京に生まれ、鉄道職員の父に従って山梨、静岡、福島、岩手、新潟、石川の各地に居を転じ、小学校、中学校をそれぞれ三度ずつ転校している。そうしたことからくる故郷喪失感のごときものが、この句の発想に大きく影響しているであろうことは容易に想像される。

加藤楸邨（一九〇五～一九九三）は水原秋桜子門。「寒雷」主宰。中村草田男、石田

波郷と共に人間探求派と称され、生活感の濃い重厚な作品によって現代俳句に寄与し、金子兜太、森澄雄など多くの俊秀を育てた。

短夜のあけゆく水の匂ひかな　　久保田万太郎

昭和二十一年作。句集『流寓抄』所収。

短夜は、夏の夜が早ばやと明けかかる感じをとらえた季語で、「明易し」などとも言う。まだ明け方の冷えのただようなかで、ふとかすかに、水のにおいを感じたのである。水は、水道の蛇口などから出てくるものではなく、池とか沼とかある広さをもったものがふさわしい。どちらかと言えば現実に池のほとりに立って感じたというより、作者の夜明け方の想念のなかにひろがった池であり沼である、と思える。むしろ、短夜、水、匂ひ、という三つの言葉の交響によってうまれる情感を、万太郎一流のやわらかな技法によって詠いあげた、そんな感じがする句である。そしてこの句も、万太郎の他の句と同様に、万太郎戯曲の情緒をたっぷりとたたえていると思う。

久保田万太郎（一八八九〜一九六三）は東京浅草生まれ。俳句は余技と称していたが、むしろ本格的抒情俳人と言うべき句業をのこしている。

夏痩せて嫌ひなものは嫌ひなり　　三橋鷹女

昭和十五年作。句集『向日葵』所収。

この作者には、自分のおもいをズバズバと文字にした句が少なくない。「若葉してうるさいッ玄米パン屋さん」「初嵐して人の機嫌はとれませぬ」「みんな夢雪割草が咲いたのね」「この樹登らば鬼女となるべし夕紅葉」

いまならばともかく、昭和十年代というころに、こういう率直な真情をおもてに出すことが、女性にとっていかに困難であったかということは、あの時代を生きた人ならばだれでも知っているはず。

それを思えば、「嫌ひなものは嫌ひなり」「人の機嫌はとれませぬ」が当時どれほど衝撃的な表現であったか想像できるだろう。

ここで「嫌ひなもの」というそれは、食物ではなくて、もっと人間とか生き方にかかわるものであると私は思っている。

三橋鷹女（一八九九～一九七二）は千葉県生まれ。星野立子、中村汀女、橋本多佳子と共に四Tと称されているが、大結社にはよらず、俳壇においても自己の所言を貫いた概がある。

遠き闇終の花火と知らで待つ　　野沢節子

句集『未明音』（昭和三十年刊）所収。

作者の師大野林火に「ねむりても旅の花火の胸にひらく」（昭和二十年作）の名句がある。花火というはかないものの消えた余韻が、共に尾をひいて読後にのこる。制作年も近い。さながら師弟唱和の趣がある。

この句、「遠き闇」が秀抜。ふつうなら「遠花火」とひとくちに言ってしまうところだが、それでは味気ない。まだつづいて揚がるだろうという期待がはずれてそれっきりになった、それを知らず待っていた時間と空間が、この上五で見事にひろがっている。

句集『未明音』は秀句の宝庫で、作者の病臥時の痛切な思いが、抑えた表現の中に感じられる佳句にあふれている。その中で私はこの句に、作者の憧憬を感じて好もしく思っている。

野沢節子（一九二〇～一九九五）は横浜市生まれ。二十四年間の闘病生活を送った。「浜」同人を経て「蘭」を創刊、主宰。

休暇はや白朝顔に雨斜め　　中村汀女

昭和十三年作。『汀女句集』所収。

長い夏休みが終りに近づくと、軽い憂いに似た懈怠感につつまれる。長いと思っていたのにもう終りかと、あたりを見まわすような気分。やり残したことをしなければいけないというささかの焦燥。そして、秋がもう足早に来ているとの思いもある。そうした身辺や自然の推移をうけとめたところの「休暇はや」である。わずか五音に、心理の複雑な襞(ひだ)が織りこまれている。複雑なことがらを平明にうたうのがこの作者の特徴でもある。

いま、夏の終りの強い雨脚が、白く咲いた朝顔に吹きつけている。晩夏から初秋へ移ろうとする季節の機微がここで巧みにとらえられ、「休暇はや」の思いをささえている。「白」の効果、「雨斜め」の描写の確かさも見のがせないところ。

中村汀女（一九〇〇～一九八八）は熊本市生まれ。昭和初年虚子門に入りたちまち頭角を現わした。昭和俳壇女流の高峰の一人。

土を見て歩(あゆ)める秋のはじめかな　飯田(いいだ)蛇笏(だこつ)

昭和九年作。句集『霊芝』所収。

季節の移り変ろうとするころは、ふだん見なれた景物にも、ふと心をとめることが多いようである。詩人俳人のみにかぎらない。サラリーマンも主婦も、たとえば路傍の草のそよぎを見て、移りゆく季節になにがしかの感慨をおぼえるということがある。とくに、冬から春へ、夏から秋へといった、苛烈な季節からおだやかな季節へ推移しようとするころは、だれしも繊細な感覚をもつ日がいく日かあるのではなかろうか。

この句では土を見ている。土のもつ安定感とか親しみといったものの中に、これから日ごと深まっていく秋へのおもいをかみしめているのである。立って見ているのではなく、土を見て歩いているという行為が、読者の心をさそうところがある。

飯田蛇笏（一八八五〜一九六二）は山梨県の生まれ。大正初期、高浜虚子の「ホトトギス」で活躍したが、後に「雲母」を主宰。芥川龍之介と親交があった。剛直にして高邁（こうまい）な句風。子息の龍太が「雲母」を継承した。

空澄（す）めば飛んで来て咲くよ曼珠沙華（まんじゅさげ）　　及川（おいかわ）　貞（てい）

昭和三十年作。句集『榧の実』所収。

曼珠沙華には、彼岸花、死人花、幽霊花、捨子花などの別名がある。近寄ってよく見れば精巧無比、巧緻をきわめた構成の花だけれど、秋の彼岸時分に咲くゆえか、あるいは有毒性のためか、別名はどれもうす気味わるい。

花の咲くときも、ある日、突然といった感じで、いっせいに畦（あぜ）や土堤をいろどる。この句もそういった印象を、素朴率直に詠ったもの。澄んだ空の下、どこからか飛んできて一夜にして咲いたよと、かるい驚きと心のはずみをそのままつたえたのである。本来なら七音で収めるところを、「飛んで来て咲くよ」とあえて一音の字余りにした。この効果によって、読むものに童心のような懐かしさを感じさせるわけである。

及川貞（一八九九〜一九九三）は東京生まれ。「馬酔木」同人。水原秋桜子門の古参女流として、自在にしてみずみずしい抒情句を発表した。

頂上や殊に野菊の吹かれ居り　原石鼎

大正元年作。句集『花影』所収。

この句の詠われた場所は吉野、その一つの峰の頂である。あえぎながら登りついた頂上には、たくさんの野花が咲いていた。ハギ、キキョウ、オミナエシ、フジバカマ、ススキ……。頂上のやや強い風の中で、それらはそれぞれに吹きなびいていたが、とりわけ野菊の揺れうごくさまに心をひかれた、という句。「頂上や」というとらえかたが見事で、これによってある展望をもった場所を読者の脳裏に喚起する。それをうけた「殊に」のはたらきが、野菊ばかりでなく、さまざまな秋草の咲きみだれているさまを連想させるのである。そして、この一句が作者二十七歳のときの、いわば青春彷徨期の作であるという背景を知るならば、ゆれうごく野菊を見つめる多感な青年のこころも、おのずから感じとれるのではあるまいか。

原石鼎（一八八九〜一九五一）は島根県出雲市生まれ。大正のはじめ、華麗な作風をもって虚子の「ホトトギス」に登場、後に「鹿火屋」を主宰した。

馬育つ日高の国のをみなへし　山口　青邨

昭和九年作。句集『雪国』所収。

日高は北海道南部の旧国名。太平洋にのぞみ競走馬の産地として知られている。

日高に旅をしていくつかの牧場を見たあとの印象をうたった句である。いまとちがって、この句のつくられたころの北海道は、遠い遥かな国であった。はるばると来つるものかなという思いが、東京から来た作者にはあったにちがいない。そういう感傷をともなった旅情が、「馬育つ日高の国」のおおらかなリズムに感じられる。高く澄んでひろびろとした初秋の空が、まならうにうかんでくるような気がする。女郎花という花の素朴可憐な趣も、作者の旅愁をつたえるにふさわしいと言えるだろう。名句はそのつくられた場所へ読者を誘うものだけれど、この句を読むと、私は日高へ行きたいと切に思う。

山口青邨（一八九二〜一九八八）は盛岡市生まれ。大正十一年虚子門に入り、秋桜子、風生らと東大俳句会をおこす。昭和四年「夏草」を創刊、主宰した。

秋の道日かげに入りて日に出でて　日野　草城

昭和二十三年作。句集『人生の午後』所収。

道を歩いている。さわやかな日ざしをたのしみながら、ゆっくりと歩いている。モズの声、柿の木のかがやき、まさに秋だと思う。やがて木蔭にはいる。いままでのあたたかさが変って、ひやりとした感触につつまれる。が、それも数歩のあいだだけで、道はまた明るい日ざしのもとへ出てゆく。

たいへん単純明快な一句で、いささかもの足りぬ思いを最初感ずるけれど、じっくり味わっているうちに、コクのようなものがにじみ出てくる。まず作者のゆっくりした歩みがこのリズムからつたわり、つづいて視野の中の秋の風物が連想されてくる。とにかく、これは冬でも春でもない、まぎれなく秋の道だという実感がつよい。芸の至りつくところは平明に及かずということを私は思う。

日野草城（一九〇一～一九五六）は東京生まれ。清新、才知の句風をもって大正中期から昭和前期の俳壇で活躍。句誌「青玄」創設者。


モジリアニの女の顔の案山子かな　　阿波野青畝

昭和三十六年作。句集『甲子園』所収。

案山子はたいへん日本的なものである。そのうえ、当然のことながら土くさい。やぼったい。だれが見てもそう思うにちがいない。そこへ突然モジリアニが出てくる。あの細長い首の裸婦を描いたイタリアの画家である。案山子とモジリアニの組み合わせがなんとも愉快である。もともとユーモラスな雰囲気を持つ案山子と、この組み合わせの意外性によるおかしさとが入りまじって、この句、じつにほのぼのとしたあたたかさがある。たのしい。作者は「風雨にひどくさらされた案山子は肩が落ちて、モジリアニの好みそうな瘦(や)せ型となっている」と自解しているが、そうした見るべきところは、ちゃんと見ているわけである。

阿波野青畝（一八九九〜一九九二）は奈良県生まれ。大正期から今日まで俳壇の高峰として多くの佳句をのこした。秋桜子、誓子、素十と共に四Sと称せられ、とくに写生のすぐれた手法に定評がある。

八頭(やつがしら)いづこより刃(は)を入るるとも　　飯島(いいじま)　晴子(はるこ)

昭和六十年作。句集未収。

八頭——あの里芋の親芋、ごつごつとした感じ、いかにも地中で育ったという無骨な形、手ざわり。それを剝(む)いて料理しようというところである。スマートで手ざわりのいい形状のものだったら作者の心にとまらなかったにちがいない。その反対だったからもう一度見直す気になった。「それにしても、なんとまアこの形は……」そんな作者のつぶやきが聞こえてくる。

「いづこより刃を入るるとも」につづいて、八頭は八頭であるという心が尾を引いている。その余韻の中で、八頭の存在がしだいに大きくゆるぎなく、重くなってくる。そして挙句には、作者のあきれかえったような八頭礼讃のこえさえ聞こえるおもいがするのだ。

飯島晴子（一九二一〜二〇〇〇）は京都市生まれ。「鷹」同人。きびしい作風と、女流にはまれな、犀利（さいり）で透徹したエッセイを書いた。


まっすぐの道に出（い）でけり秋の暮　高野（たかの）素十（すじゅう）

昭和三年作。句集『雪片』所収。

郊外を歩いていると、よくこんな場面に出会う。道の辺の草花や、農家のたたずまいに気をとられているうちに、いつも歩きなれた道とはちがうところに出てしまう。時によりそれもたのしいと思い、ある時は多少不安にもなって、広い道に出ようと見当をつけて行くのだが、道は曲がりくねっていて思うような場所へ出ないのである。そろそろいささか心配になったころ、突如として車の通りの多い広い一本道へ出る。そろそろ夕闇の迫った時刻だ。ほっとして胸をなでおろす。このような経験、だれしもあるにちがいない。

「此道や行人なしに秋の暮」の芭蕉句があるが、それとはまたちがった哀愁を感じる秋の暮である。

高野素十（一八九三〜一九七六）は茨城県生まれ。虚子門。徹底した一物描写で俳句の骨法を具現した。秋桜子、誓子、青畝とともに四Sと称せられた。

潰ゆるまで柿は机上に置かれけり　　川端茅舎

句集『白痴』（昭和十六年刊）所収。

同時作と思われる句に「柿を置き日日静物を作す思念」があるから、この柿は写生でもしようと考えて机上に置いたものであろう。作者は川端龍子の異母弟。岸田劉生に師事し、春陽会展に入選したこともある。

けれども、この句を鑑賞する場合、写生するために置かれた柿だということは、問題にしなくていい。ただ一個の柿がそこに置かれてある、それだけでいい。机に坐って、柿に目をやるときもあるが、また、それを忘れてほかのことに心が行っているときもある。一日二日たち、五日六日たちして、やがて熟しきった柿はその形をゆがめ、ついにはつぶれてしまう。そうした時間の経過、重みが、たっぷりと柿に沁みこんでいるし、それはまた、作者自身の思念の重みでもあると言えるだろう。

川端茅舎（一八九七〜一九四一）は東京生まれ。虚子門。脊椎カリエス、喀血、咳などに苦しめられながら凜冽朗々たる作品を遺した。

鶏頭を三尺離れもの思ふ　細見綾子

昭和二十年作。句集『冬薔薇』所収。

すでに多くの評家によって語りつくされたかの感がある句だが、この作者を語るとき、この句を逸することはできぬ。それほどの重みを蓄えてしまった戦後の名句である。

「三尺」という頃合いが、まことと「もの思ふ」にかなっているばかりでなく、対き合った対象の鶏頭を、そこに「在る」と意識するにちょうどよい距離でもある。名句はどれも言葉に寸毫の無駄もないものであるけれど、この句もそれぞれの言葉が端然と、しかも滋味を蔵してすわっている。

その中にあって特に「三尺」の妙味が目立つ。三という数、三尺という距離の不思議が私に深淵を覗かせてくれるのである。

細見綾子（一九〇七〜一九九七）は兵庫県生まれ。昭和五年松瀬青々に師事し、戦後「風」創刊と共に同人となる。沢木欣一夫人。

鶏頭を抜けばくるもの風と雪　大野林火

昭和二十三年作。句集『青水輪』所収。

秋のあいだ鮮紅を誇っていた庭の鶏頭が、枯れて日ごとに黒ずんで、あわれな姿になってしまった。あれを引き抜かなければと思いながら数日過ぎた。小さな植物でも、それを切ったり抜き捨てたりすることには、いささかあわれさを感じるものだ。ちょっとした決断がいるのである。

一日、思いきって庭に立った。鶏頭の周辺の土くれは、すでに乾いて冬がたしかにやってきていることを感じさせた。作者は心をこめてその一株一株を抜いていった。なにか空虚なものが胸のうちをよぎっていく。そして、一作業終った思いの中に去来するものは、もうすぐやってくる冬のきびしさである。肌をさすような風の日であり、しんしんと降りつつむ雪のイメージである。

大野林火（一九〇四〜一九八二）は横浜生まれ。「浜」を主宰、俳人協会会長として俳壇のため活躍した。

玉(たま)の如(ごと)き小(こ)春(はる)日(び)和(より)を授(さず)かりし　松本(まつもと)たかし

『松本たかし句集』（昭和十年刊）所収。

立冬を過ぎると、太平洋側の各地では、春のように暖かい日和がつづく。小春日和という言葉にはそういう晴れたおだやかな日をたたえた心がこもっている。

「玉の如き」は、小春日和でもとくに晴れて暖かく、うっとりするような一日をたたとえた表現。「授かりし」と相まって、そんな一日を得たことに対する自然への感謝のおもいが、読むものにもすーっと伝わってくる。生きることへのよろこびさえも感じられてくる。まして作者は病身であったから、ありがたいことだという気持は、いっそう強かったろうと想像される。自然と一枚になったような、心情の美しい句である。

松本たかし（一九〇六〜一九五六）は東京生まれ。父祖は代々宝生流座付の能役者で、父・長は名人とうたわれた。たかしは病弱のため能を断念。高浜虚子門に入り高雅典麗な作風で、物心一如の世界を求めた。

うしろより初雪ふれり夜の町　　前田（まえだ）普羅（ふら）

『普羅句集』（昭和五年刊）所収。

北陸富山の初雪である。しんしんと底冷えのする夜の町を歩いている。ことしも残り少なくなった、一年がまたたくまに過ぎてゆくようだ、そんな思いをいだきながら、ひとり夜の町を歩いていく。

ふと衿（えり）もとに冷たさを感じた。なんだろう、顔をあげて夜空を見あげると、わずかな灯影の中に、まぎれなくこの冬の初雪が舞っているのである。また長い冬がやってきた、作者はそう思いながら足を速めたであろう。

「うしろより」の味わいがなんとも深い。たったこれだけの言葉で、灯影の乏しい北陸の町の夜のわびしさや、はしなくもこの町に住みついてしまって、また冬を迎える作者の心情が惻々とつたわってくる。

前田普羅（一八八四〜一九五四）は東京生まれ。大正十三年報知新聞支局長として富山市に赴任。以後二十余年をこの地で過ごした。大正期、蛇笏、鬼城、水巴、石鼎などと共に「ホトトギス」で活躍。とくに山岳を詠んだ名句を多数遺した。

海に月障子(しょうじ)貼(は)つたるばかりなり　佐野(さの)まもる

句集『海郷』（昭和二十三年刊）所収。

作者が瀬戸内海の伯方(はかた)島に仮寓していたときの作。しずかな海を照らして満月に近い大きな月が昇った。それを眺めながら、酒好きの作者は一献かたむけている。勤務でこの島に赴任してきた仮住まいだけれど、きょう障子を貼りかえた。まっ白な障子がにおうようである。自宅とはちがう住みごこちだが、障子の白さによってなんとなく落ちついた気分になる。おりしも、いい月だ。島だから新鮮な魚もある。これでは酒もはずもうというものだ。

「海に月」が省略の効いた俳句的表現、海に昇った月、海の上空に見える月、といった意である。また、「貼りたる」でなく「貼つたる」としたところに、作者の心のはずみが感じられてくる。

佐野まもる（一九〇一〜一九八四）は徳島生まれ。水原秋桜子門の高弟で、「馬酔木」によるかたわら、「海郷」を主宰した。

しぐるゝや駅に西口東口　安住(あずみ)　敦(あつし)

昭和二十一年作。句集『古暦』所収。「田園調布」の前書がある。あの「田園調布に家が建つ」で全国的に名がひろまったところ、東急東横線の一駅で、付近一帯は戦前から東京の高級住宅地として知られている。

作者の仕事上のつきあいの知人がここに住んでいて、所用で訪ねることにした。駅からの道すじをよく聞いておぼえていたつもりだったけれど、駅の西口と東口をまちがえて大失敗をした――そんな随筆を読んだ記憶がある。この作者、エッセイスト賞を受賞した名文家でもある。

たのしい句である。作者の体験をはなれて、大都市近郊のとある駅に当てはめて鑑賞しても、十分にたのしめる句だ。しぐれというと湿っぽいが、この作者はさらりとそれをうけとめている。世の中をたのしく生きようとしている姿勢が感じられるのである。

安住敦（一九〇七〜一九八八）は東京生まれ。久保田万太郎の後をついで「春燈」

を主宰した。

地の涯に倖せありと来しが雪　　細谷源二

句集『砂金帯』(昭和二十四年刊)所収。

東京で旋盤工としてはたらいていた作者だが二十年に空襲に遭って北海道十勝に入植した。裸一貫になってしまったけれど、北海道に行って原野を開拓すれば、やがて幸せがくるにちがいない。それまで妻子と共にがんばろう、そう思ってやって来たこの地は、灰色の空がひろがり、雪が原野をうめつくしているばかりであった——。

有名なカアル・ブッセの「山のあなたの空遠く／幸い住むと人のいう」という詩句が下敷きになっている。ブッセの詩はロマンチックな連想をかぎりなく広げてくれるが、この句は、前半の夢多いリズムから一転して暗いきびしい現実に直面する。その激しいギャップに胸うたれる思いがするのだ。「冬の幸来たれと幹に斧乱打」の名句もある。

細谷源二(一九〇六～一九七〇)は東京生まれ。戦時下の俳句弾圧事件で投獄され、戦後は北海道で開拓農、酒場店主など苦惨の生涯を送った。

樹には樹の哀しみのありもがり笛　　木下夕爾

『定本木下夕爾句集』(昭和四十一年刊)所収。

もがり笛は虎落笛と書く。冬のつよい風、電線や物干し、生け垣などに吹きあたると、ひゅうひゅうと鋭い悲鳴に似た風音を発する。あの音を虎落笛と言い、冬の季語になっている。

この句では、何本かの樹木の発する虎落笛が詠われている。樹木は強風にゆれて、それぞれに幹や枝を撓(たわ)める。そういう視覚、聴覚の両方から感じとられた「樹には樹の哀しみのあり」である。が、それだけではない。「樹には樹の」と歎じたとき、そこにはまぎれなく作者自身の哀しみがただよっている。むしろ、作者の哀愁を訴えるために、樹木の姿を借りたと言ったほうがふさわしいと思う。

木下夕爾(一九一四〜一九六五)は福山市生まれ。詩を堀口大学に認められて詩誌「木靴」を主宰。俳句は久保田万太郎の「春燈」に拠って、抒情の濃い作風で注目された。

折鶴(おりづる)のごとくに葱(ねぎ)の凍(い)てたるよ　加倉井秋を(かくらいあき)

昭和二十二年作。句集『胡桃』所収。

冬のネギは食べるとおいしいけれど、畠にあって寒さに凍てついている姿は、なんの風情もなくみすぼらしいものである。まして地上に出た青い部分が折れ曲がり、寒風にさらされているありさまは、むしろ醜悪と言っていい。

ところが、この作者はそれを折鶴のようだと見た。まさに意外や意外であるが、ただ意外だというだけではなく、「なるほど、そう言われてみればそうだ」と読者を納得させる力を持っている。まことに的確な比喩と言うべきだ。そして折鶴のもつ甘美な連想と、眼前のみすぼらしいネギの姿とが奇妙にとけ合って、私たちに、よりいっそうネギがネギとしてそこに立っていることを感じさせてくれる。

加倉井秋を（一九〇九〜一九八八）は茨城県生まれ。富安風生に師事し、「冬草」主宰。日常身辺の素材を軽妙に詠うことで定評があった。

桶あれば桶をのぞいて十二月　　桂　信子

昭和五十三年作。句集『緑夜』所収。

十二月、師走と聞くだけで、なんとなくあわただしい気分になってくる。一年のしめくくり、来る年への物心両面の準備などがあるからだが、考えてみれば、そのような準備や気分で過ごす日は、せいぜい一週間か十日くらいのもの。十二月をまるまる追いまくられるということは少ない。

けれども、やはり、十二月の声を聞くとそわそわしてくる。それは、ときどき意味もない動作になってあらわれたりする。桶がある。ふだんは見向きもしないのに、なんの桶だろうとのぞいてしまう。それもそわそわのなせるわざである。「桶あれば桶をのぞいて」は、ほかにも無意味な動作をいくつかしていることを暗示した表現。その中から、桶をのぞくという妙な動作だけを抜いたことが、たのしい俳諧味をただよわせた。

桂信子（一九一四〜二〇〇四）は大阪生まれ。日野草城門。「草苑」主宰。観照のたしかさと豊かな情感と相まってみずみずしい作風を示し、女流の第一人者としての地歩を築いた。

あとがき

本書の原稿をすべて書きあげたあとの、私の偽らぬ感想は、「俳句は奥深い」ということでした。

執筆にあたって、私は、私のもっている俳句作法のすべてを書きとどめておこうと全力を注いだつもりでしたが、結果的には、その半分も書けなかったというおもいが、つよく残りました。そして、私が書けば書くほど、俳句のふところは大きく拡がるばかり、といった感を深くしました。けれども、もう一方で、俳句という表現形式に、またいっそう惚(ほ)れこんだ自分も見出している次第です。

たくさんの不満が残りましたが、本書の中にどこか一つでも読者の俳句に役立つ項目があれば、と念じています。

立風書房宗田安正氏のつよい慫慂(しょうよう)がなかったら、本書を書きあげる意欲が湧かなかったでしょう。誌して謝意を表します。また、「鷹」同人の山地春眠子、鈴木俊策両君に校正でお世話になりました。御礼申しあげます。

昭和六十年朱夏　　　　藤田　湘子

*

本書の旧版『実作俳句入門』はおかげさまで多くの方に読まれ、十数年間、版を重ねてきました。このたび版元からの要請もあり、古くなったデータを現在のものに一新、作品例の一部も新しい作家の作品に入れ替え、『新実作俳句入門』として再刊することになりました。これからも本書が、読者のお役に立つことができれば幸甚です。

平成十二年六月　　　　藤田　湘子

文庫版解説

小川　軽舟

本書『実作俳句入門』のページを開くと、湘子先生の声が聞こえる気がする。私は入門から逝去までの十九年間、藤田湘子に師事した。湘子の指導の場は句会である。句会の後の酒席で教えられることも少なくなかった。湘子は座談が得意だったが、本書の語り口の親しさに、亡くなって十七年も経ったことを忘れてしまう。

本書は湘子の著した最初の入門書で一九八五年に刊行された。その三年後に出た『20週俳句入門』とともに、湘子の生前のみならず没後もロングセラーを続け、優れた俳句入門書としての定評を得ている。『20週俳句入門』が初めて俳句を作ろうとする人を対象としているのに対し、本書は数年程度の実作経験を持つ人を念頭に置いて書かれている。湘子自身の創作と指導の経験を通して得られた俳句実作のヒントが盛りだくさんの指南書である。

ここで先ず、湘子のプロフィールを紹介しておこう。湘子は一九二六（大正十五）年、小田原に生まれた。女性に間違われやすい湘子の名は、水原秋桜子、山口誓子らの俳号に倣って自分でつけた。太平洋戦争中に十代で秋桜子の「馬酔木」に入会、戦争が終ると一気に才能を開花させる。

愛されずして沖遠く泳ぐなり　湘子

初期の代表作として知られるこの句には、青春の感傷があふれんばかり。海辺に生まれ育った湘南の子たる湘子の面目躍如の一句だ。

やがて「鷹」を創刊して「馬酔木」を離れた湘子の作品は、当時盛んだった前衛俳句とも交わりつつ、多彩な展開を見せた。次の句は湘子の模索の到達点と言うべき幽邃な美意識を示す。

うすらひは深山へかへる花の如

還暦に先立つ三年間、湘子は「一日十句」と称して一日も休まず毎日十句以上を作り、そのすべてを「鷹」に発表する荒行で俳壇を驚かせた。その多作修業を終えて、湘子の作品はさらに自在さを増す。

あめんぼと雨とあめんぼと雨と

天山の夕空も見ず鷹老いぬ

これら晩年の傑作を残して、二〇〇五（平成十七）年、七十九歳で生涯を閉じた。湘子が晩年に「俳句ブームは終った」と発言したことは大きな反響を呼んだ。それは俳句人口の増加に浮かれる俳句界に湘子の鳴らす警鐘だった。湘子は俳句ブームによって俳句の質が低下したと憂えた。意味が通って分かりやすい俳句が増えるとともに、俳句らしい言葉の凛々しさが失われ、散文化が進んだことに危機感を抱いた。

そして、湘子は自分の信じる正しい俳句を伝えるための俳句指導に力を注いだ。弟子たちを鍛えて「鷹」を実力結社に育て上げ、初心者指導の場では初心者が迷わず上達できるよう心を砕いた。

本書の構成を概観しておきたい。先ずは、「実作のまえに」。ここで湘子がいちばん言いたいのは、「自分のためにつくる」「自分の俳句をつくる」ということである。当然のことではないかと思われるかもしれないが、これが案外忘れがちなのだ。周囲の人たちの俳句の作り方を見習い、句会で点が入りそうな句を作る。それだけでは、何のための自己表現なのかわからないし、新しい俳句も生まれない。次に、「俳句の三つの基本」。三つとは五七五の型、季語、切字である。『20週俳句入門』で既に学んだ人は、ここで今一度、基本中の基本を確認できるだろう。

そして、実践篇1「実作のポイント」、実践篇2「作句のテクニック」と本書は佳境に入る。実践篇1では俳句に慣れ始めた作者の陥りがちな失敗を多く示している。

湘子の入門書の特徴は失敗例の豊富なこと。失敗例と名句を見比べれば、湘子の言うことが自(おの)ずと腑(ふ)に落ちる。実践篇2では実作に役立つレトリックの数々を教える。自分だけの秘密にしておきたい技法も惜しみなく披露している。次はこのワザを使ってみようと創作意欲を刺激されてワクワクするに違いない。

湘子の修業時代は、師事した秋桜子と兄弟子の石田波郷の影響を特に強く受けた。その後の作風は変転しても、この二人から仕込まれた俳句観は揺るがなかった。湘子の指導が、季語を重んじ、五七五の型の調べと響きを大切にするのは、その基本に根差すものである。

湘子は教え子に名句を読むことを促し続けた。本書でも巻末に「佳句を味わう」を置き、文中にも多くの名句を引く。本書における湘子の教えは、名句を名句たらしめた要素を丹念に抽出したものである。湘子は格調高い文語表現を薦めるが、文語文法も文法書で学ぶ必要はない、名句を繰り返し読めば自ずと身につくと読者を少し安心させてくれる。

さて、俳句表現には無季俳句や口語俳句もあり、制約を離れて自由に作る方が現代的で新しいと考える人もいることだろう。湘子の教えを古いと感じる人も中にはいるかもしれない。しかし、基本の身についていない自由ほどあやういものはない。湘子自身の作品は、先ほど挙げた「あめんぼと雨とあめんぼと雨と」が代表句の一つとされるように自由だが、それは磐石（ばんじゃく）の基礎があってこそ得られる自由なのだ。基礎を固めることは、決して遠回りにはならない。

本書で学ぶことは、俳句のゴールではない。本書の内容を十分吸収したら、あらためて湘子の言う「自分のためにつくる」「自分の俳句をつくる」ことに邁進（まいしん）しよう。そして、実作の中で迷いが生じたら、また本書に戻ってみるとよい。そんな人を励まして背中を押すべく、湘子はいつも待ってくれている。

（おがわ・けいしゅう　俳人）

【掲載句一覧】（作者五十音順）

牡丹百二百三百門一つ　124
一休さん二十一日春時雨　124
山又山山桜又山桜　125
神楽笛ひょろひょろいへば人急ぐ　175
一軒家より色が出て春着の児　205
使はざる一俵釜の夜長かな　209
山吹の三ひら二ひら名残かな　211
奈良坂の葛狂ほしき野分かな　216
水ゆれて鳳凰堂へ蛇の首　216
武者さんの絵にはなりさう種の薯　219
モジリアニの女の顔の案山子かな　219 252

◎飯島晴子（いいじま・はるこ）

寒晴やあはれ舞妓の背の高き　84
泉の底に一本の匙夏了る　110
螢狩白歯のちからおもふべし　197
八頭いづこより刃を入るるとも　253

◎飯田蛇笏（いいだ・だこつ）

芋の露連山影を正しうす　28 48
をりとりてはらりとおもきすすきかな　28
秋立つや川瀬にまじる風の音　48
山の春神々雲を白うしぬ　49
かりそめに燈籠置くや草の中　64
くろがねの秋の風鈴鳴りにけり　75
流燈や一つにはかにさかのぼる　81
春蘭の花とりすつる雲の中　101
伯母逝いてかるき悼みや若楓　117
たましひのたとへば秋の螢かな　227
土を見て歩める秋のはじめかな　248

◎飯田龍太（いいだ・りゅうた）

大寒の一戸もかくれなき故郷　46
極寒や顔の真上の白根嶽　79
少年の毛穴十方寒の闇　199

◎石塚友二（いしづか・ともじ）
番外地ダリヤコスモス撩乱と　125

◎石橋辰之助（いしばし・たつのすけ）
繭干すや農鳥岳にとはの雪　63

◎石原八束（いしはら・やつか）
血を喀いて眼玉の乾く油照り　110

◎磯貝碧蹄館（いそがい・へきていかん）
山鳩は子を呼びやまず青津軽　166

◎稲畑汀子（いなはた・ていこ）
旅愁とも旅疲れともリラ冷えに　183

◎植竹京子（うえたけ・きょうこ）
韮束ねをり恙なき小爪あり　196

◎上田五千石（うえだ・ごせんごく）
白露や一詩生れて何か消ゆ　84

◎上野章子（うえの・あきこ）
扇風機われにとどかず見てをりぬ　194

◎上村占魚（うえむら・せんぎょ）
今も待つ銀河へ船出せし人を　46
おぼえある橋も流れも春ゆふべ　236

◎臼田亜浪（うすだ・あろう）
郭公やどこまでゆかば人に逢はむ　83

◎及川　貞（おいかわ・てい）
空澄めば飛んで来て咲くよ曼珠沙華　202 249

芥川龍之介
仏大暑かな　125
弾初の灯ともしごろとなりけるや　169
あきくさをごつたにつかね供へけり　224
盆の月ひかりを雲にわかちけり　224
逢へばまた逢つた気になり螢籠　225
春の雪待てど格子のあかずけり　225
永き日や機嫌のわるきたいこもち　225
短夜のあけゆく水の匂ひかな　245

◎黒田杏子（くろだ・ももこ）
滝音に荒ぶる蝶となりにけり　75

◎河野静雲（こうの・せいうん）
老僧のエー〳〵童話仏生会　175

◎古賀まり子（こが・まりこ）
秋風となりてわが影何いそぐ　169

◎後藤比奈夫（ごとう・ひなお）
春燈下褒めて終りし稽古事　139

◎後藤夜半（ごとう・やはん）
道のべに牡丹散りてかくれなし　29 165
探梅のこころもとなき人数かな　29 73
老の掌をひらけばありし木の実かな　101
滝の上に水現れて落ちにけり　104
ひらきたる秋の扇の花鳥かな　122
夜桜のぼんぼりの字の粟おこし　158
連翹の黄のはじきゐるもの見えず　208

◎小林康治（こばやし・こうじ）
松籟も寒の谺も返し来よ　159

◎西東三鬼（さいとう・さんき）
中年や遠くみのれる夜の桃　29

秋の暮大魚の骨を海が引く 30
中年や独語おどろく冬の坂 63
限りなく降る雪何をもたらすや 66
青野に吹く鹿寄せ喇叭貸し給へ 159
百舌に顔切られて今日が始まるか 169
クリスマス馬小屋ありて馬が住む 179
枯蓮のうごくときてみなうごく 179
右の眼に大河左の眼に騎兵 180
赤き火事哄笑せしが今日黒し 206
露人ワシコフ叫びて石榴打ち落す 221
陳氏来て家去れといふクリスマス 221

◎酒井鱒吉（さかい・ますきち）

針祭る青眉雨をさそひけり 197

◎佐藤鬼房（さとう・おにふさ）

友ら護岸の岩組む午前スターリン死す 144

◎佐野まもる（さの・まもる）

堪へがたき海の青さに簀戸入るる 207
海に月障子貼つたるばかりなり 259

◎篠田悌二郎（しのだ・ていじろう）

はからずも蜩鳴ける門火かな 73
蜻蛉の紅の淋漓を指はさむ 197
人今はむらさきふかく草を干す 208

◎芝　不器男（しば・ふきお）

白藤や揺りやみしかばうすみどり 81
春浅し小白き灰に燠つくり 206

◎島田みづ代（しまだ・みづよ）

夢持てり蛙の卵きらきらと 92

◎田川飛旅子（たがわ・ひりょし）
腋青く剃る七夕のためならず　166

◎千代尼（ちよに）
手折らるゝ人に薫るや梅の花　147
けふばかり背高からばや煤払　148
朝顔に釣瓶とられて貰ひ水　148
しぶかろか知らねど秋の初ちぎり　148
起て見つ寝て見つ蚊帳の広さかな　148
蜻蛉釣今日はどこまで行つたやら　148

◎津田清子（つだ・きよこ）
蟻も伊賀者城塁を攀ぢ登る　189

◎天地わたる（てんち・わたる）
音響に全身任せ卒業子　92

◎殿村菟絲子（とのむら・としこ）
手放しに命は惜しめ寒波来る　161

◎富安風生（とみやす・ふうせい）
みちのくの伊達の郡の春田かな　29 157
初花も落葉松の芽もきのふけふ　29
百姓と話して春を惜みけり　75
螢火や山のやうなる百姓家　79 82 185
蜘蛛の子のみな足もちて散りにけり　104
大風の中の鶯聞こえけり　122
四顧蒼翠南総里見八犬伝　124
寺・社・子供・スピッツ・秋夕べ　124
海鼠壁明治百年曼珠沙華　124
提げ来るは柿にはあらず烏瓜　163
蝶低し葵の花の低ければ　179
すずかけ落葉ネオンパと赤くパと青く　179
狐火を信じ男を信ぜざる　180

秋の航一大紺円盤の中　125
妻二タ夜あらず二タ夜の天の川　143
吾妻かの三日月ほどの吾子胎すか　143
八ツ手咲け若き妻ある愉しさに　143
妻抱かな春昼の砂利踏みて帰る　143
玉菜は巨花と開きて妻は二十八　143
雪白の手袋の手よ善き事為せ　161
厚餡割ればシクと音して雲の峰　173
のぼりゆく草ほそりゆくてんと虫　180
伸びる肉ちぢまる肉や稼ぐ裸　183
葡萄食ふ一語一語の如くにて　186
花藤や母が家厠紙白し　206
桜の実紅経てむらさき吾子生る　208
五月なる千五百産屋の一つなれど　212
残雪や「くれなゐの茂吉」逝きしけはひ　227
松籟や百日の夏来りけり　239

◎中村汀女（なかむら・ていじょ）

たんぽぽや日はいつまでも大空に　84
夫と子をふつつり忘れ懐手　101
蕗の薹おもひおもひの夕汽笛　137
水打てばふわととびつく地のほてり　175
あたたかき夜やダイヤルにのばす手も　195
休暇はや白朝顔に雨斜め　206 247

◎成瀬桜桃子（なるせ・おうとうし）

華僑総商会長陳大人のパナマ帽　125

◎野沢節子（のざわ・せつこ）

春昼の指とどまれば琴も止む　46
せつせつと眼まで濡らして髪洗ふ　197
遠き闇終の花火と知らで待つ　246

◎細川加賀（ほそかわ・かが）

喪の家の郁子にふれたるうなじかな 73

◎細見綾子（ほそみ・あやこ）

みごもりや春土は吾に乾きゆく 194
くれなゐの色を見てゐる寒さかな 204
鶏頭を三尺離れもの思ふ 210 256

◎細谷源二（ほそや・げんじ）

地の涯に倖せありと来しが雪 261

◎前田普羅（まえだ・ふら）

雪解川名山けづる響かな 28
奥白根かの世の雪をかゞやかす 28
春更けて諸鳥啼くや雲の上 64
うしろより初雪ふれり夜の町 101 258
春尽きて山みな甲斐に走りけり 117

◎正岡子規（まさおか・しき）

ある僧の月も待たずに帰りけり 25
鶏頭の十四五本もありぬべし 25
五月雨や上野の山も見あきたり 25
秋風や伊予へ流るる潮の音 79
山吹や花散りつくす水の上 81
柿くへば鐘が鳴るなり法隆寺 213

◎松尾芭蕉（まつお・ばしょう）

奈良七重七堂伽藍八重ざくら 124

◎松村蒼石（まつむら・そうせき）

たわたわと薄氷に乗る鴨の脚 175
蜩のひとつわが目におきて聞く 194
紅梅の一樹を裏むしんのやみ 232

◎三橋鷹女（みつはし・たかじょ）
夏ゆくとしんしんとろり吾が酔へる　174
鞦韆は漕ぐべし愛は奪ふべし　180
夏痩せて嫌ひなものは嫌ひなり　245

◎三橋敏雄（みつはし・としお）
裏富士は鷗を知らず魂まつり　166

◎村上鬼城（むらかみ・きじょう）
残雪やごう〳〵と吹く松の風　27
闘鶏の眼つむれて飼はれけり　28
痩馬のあはれ機嫌や秋高し　117

◎村沢夏風（むらさわ・かふう）
雲下りてくる夏風邪のひきはじめ　129

◎森　澄雄（もり・すみお）
磧にて白桃むけば水過ぎゆく　46
雪嶺や田にまだ何もはじまらず　84
臘梅に声の不思議は鴨の声　130
行者宿泉に廻り甜瓜　158
西国の畦曼珠沙華曼珠沙華　179
早梅や尼の素顔の障子より　198
白をもて一つ年とる浮鷗　206

◎八木林之助（やぎ・りんのすけ）
おしろいの花のいそいそ咲きそろふ　175

◎矢口　晃（やぐち・こう）
セロファンの音も皺くちやクリスマス　92

◎山口誓子（やまぐち・せいし）
海に出て木枯帰るところなし　28

本書は二〇一二年三月に角川俳句ライブラリーから刊行
された単行本を文庫化したものです。

実作俳句入門

藤田湘子

令和4年 12月25日　初版発行

発行者●山下直久

発行●株式会社KADOKAWA
〒102-8177　東京都千代田区富士見2-13-3
電話　0570-002-301（ナビダイヤル）

角川文庫 23477

印刷所●株式会社暁印刷
製本所●本間製本株式会社

表紙画●和田三造

●お問い合わせ
https://www.kadokawa.co.jp/（「お問い合わせ」へお進みください）
※内容によっては、お答えできない場合があります。
※サポートは日本国内のみとさせていただきます。
※Japanese text only

ISBN 978-4-04-400740-9　C0192

◇◇◇

角川文庫発刊に際して

角　川　源　義

第二次世界大戦の敗北は、軍事力の敗北であった以上に、私たちの若い文化力の敗退であった。私たちの文化が戦争に対して如何に無力であり、単なるあだ花に過ぎなかったかを、私たちは身を以て体験し痛感した。西洋近代文化の摂取にとって、明治以後八十年の歳月は決して短かすぎたとは言えない。にもかかわらず、近代文化の伝統を確立し、自由な批判と柔軟な良識に富む文化層として自らを形成することに私たちは失敗して来た。そしてこれは、各層への文化の普及滲透を任務とする出版人の責任でもあった。

一九四五年以来、私たちは再び振出しに戻り、第一歩から踏み出すことを余儀なくされた。これは大きな不幸ではあるが、反面、これまでの混沌・未熟・歪曲の中にあった我が国の文化に秩序と確たる基礎を齎らすためには絶好の機会でもある。角川書店は、このような祖国の文化的危機にあたり、微力をも顧みず再建の礎石たるべき抱負と決意とをもって出発したが、ここに創立以来の念願を果すべく角川文庫を発刊する。これまで刊行されたあらゆる全集叢書文庫類の長所と短所とを検討し、古今東西の不朽の典籍を、良心的編集のもとに、廉価に、そして書架にふさわしい美本として、多くのひとびとに提供しようとする。しかし私たちは徒らに百科全書的な知識のジレッタントを作ることを目的とせず、あくまで祖国の文化に秩序と再建への道を示し、この文庫を角川書店の栄ある事業として、今後永久に継続発展せしめ、学芸と教養との殿堂として大成せんことを期したい。多くの読書子の愛情ある忠言と支持とによって、この希望と抱負とを完遂せしめられんことを願う。

一九四九年五月三日

角川ソフィア文庫ベストセラー

今はじめる人のための
俳句歳時記　新版

編／角川学芸出版

現代の生活に即した、よく使われる季語と句作りの参考となる例句に絞った実践的歳時記。俳句Q&A、句会の方法に加え、古典の名句・俳句クイズ・代表句付き俳人の忌日一覧を収録。活字が大きく読みやすい！

覚えておきたい
極めつけの名句1000

編／角川学芸出版

子規から現代の句までを、自然・動物・植物・人間・生活・様相・技法などのテーマ別に分類。他に「切れ・切れ字」「俳句と口語」「新興俳句」「季重なり」「句会の方法」など、必須の知識満載の書。

覚えておきたい芭蕉の名句200

松尾芭蕉
編／角川書店

漂泊と思郷の詩人・芭蕉のエッセンスがこの一冊に！一ページに一句、不朽の名句200句が口語訳と明快な解説と共に味わえる。名言抄と略年譜、初句・季題索引付き。芭蕉入門の決定版！

覚えておきたい虚子の名句200

高浜虚子
編／角川書店

生涯句数20万以上と言われる現代俳句の巨匠、高浜虚子。有名句から意外性のある句まで、その多様さを存分に感じられる作品を厳選し、1ページ1句で解説とともに鑑賞。名言抄・索引も付す虚子入門の決定版。

俳句のための基礎用語事典

編／角川書店

「不易流行」「風雅・風狂」「即物具象」「切字・切れ」「倒置法」など、俳句実作にあたって直面する基礎用語100項目を平易に解説。俳諧・俳句史から作句法までを網羅した、俳句愛好者必携の俳句事典！

角川ソフィア文庫ベストセラー

俳句鑑賞歳時記　山本健吉

著者が四〇年にわたって鑑賞してきた古今の名句から約七〇〇句を厳選し、歳時記の季語の配列順に並べなおした。深い教養に裏付けられた平明で魅力的な鑑賞と批評は、初心者にも俳句の魅力を存分に解き明かす。

俳句とは何か　山本健吉

俳句の特性を明快に示した画期的な俳句の本質論「挨拶と滑稽」や「写生について」「子規と虚子」など、著者の代表的な俳論と俳句随筆を収録。初心者・ベテランを問わず、実作者が知りたい本質を率直に語る。

ことばの歳時記　山本健吉

古来より世々の歌よみたちが思想や想像力をこめて育んできた「季の詞（ことば）」を、歳時記編纂の第一人者が名句や名歌とともに鑑賞。現代においてなお感じることのできる懐かしさや美しさが隅々まで息づく名随筆。

俳句の作りよう　高浜虚子

大正三年の刊行から一〇〇刷以上を重ね、ホトトギス、ひいては今日の俳句界発展の礎となった俳句実作入門。だれにでもわかりやすく、今なお新鮮な示唆に富む幻の名著。俳句論「俳諧談」を付載。

俳句とはどんなものか　高浜虚子

俳句初心者にも分かりやすい理論書として、俳句とはどんなものか、俳人にはどんな人がいるのか、俳句はどのようにして生まれたのか等の基本的な問題を、懇切丁寧に詳述。『俳句の作りよう』の姉妹編。

角川ソフィア文庫ベストセラー

俳句はかく解しかく味わう　高浜虚子

俳句界の巨人が、俳諧の句を中心に芭蕉・子規ほか四六人の二〇〇句あまりを鑑賞し、言葉に即して虚心に読み解く。俳句の読み方の指標となる『俳句の作りよう』『俳句とはどんなものか』に続く俳論三部作。

進むべき俳句の道　高浜虚子

渡辺水巴、村上鬼城、飯田蛇笏、前田普羅、原石鼎、長谷川かな女、野村泊月……計32名のホトトギス俳人たちの雑詠評を通し、かの「客観写生」論につらなる重要な論議とユニークな人物評を堪能できる名俳論。

仰臥漫録　正岡子規

明治三四年九月、命の果てを意識した子規は、食べたもの、服用した薬、心に浮んだ俳句や短歌を書き付けて、寝たきりの自分への励みとした。生命の極限を見つめて綴る覚悟ある日常。直筆彩色画をカラー収録。

俳句への旅　森澄雄

芭蕉・蕪村から子規・虚子へ――。文人俳句・女流俳句を見渡しつつ、現代俳句までの俳句の歩みを体系的かつ実践的に描く、愛好家必読ロングセラー。戦後俳壇をリードし続けた著者による、珠玉の俳句評論。

古代史で楽しむ万葉集　中西進

天皇や貴族を取り巻く政治的な事件を追い、渦中に生きた人々を見いだし歌を味わう。また、防人の歌、東歌といった庶民の歌にも深く心を寄せていく。歌集を読むだけではわからない、万葉の世界が開ける入門書。

角川ソフィア文庫ベストセラー

芭蕉百名言
山下一海

風流風雅に生きた芭蕉の、俳諧に関する深く鋭い百の名言を精選。どんな場面で、誰に対して言った言葉なのか、何に記録されているのか。丁寧な解説と的確で平易な現代語訳が、俳句実作者以外にも役に立つ。

決定版　名所で名句
鷹羽狩行

地名が季語と同じ働きをすることもある。そんな名句を全国に求め、俳句界の第一人者が名解説。旅先の地名も、住み慣れた場所の地名も、風土と結びついて句を輝かす。地名が効いた名句をたっぷり堪能できる本。

金子兜太の俳句入門
金子兜太

「季語にとらわれない」「生活実感を表す」「主観を吐露する」など、句作の心構えやテクニックを82項目にわたって紹介。俳壇を代表する俳人・金子兜太が、独自の俳句観をストレートに綴る熱意あふれる入門書。

俳句、はじめました
岸本葉子

人気エッセイストが俳句に挑戦！　俳句を支える季語の力に驚き、句会仲間の評に感心。冷や汗の連続だった吟行や句会での発見を通して、初心者がつまずくポイントがリアルにわかる。体当たり俳句入門エッセイ。

芭蕉のこころをよむ
「おくのほそ道」入門
尾形仂

『おくのほそ道』完成までの数年間に芭蕉は何を追い求めたのか。その創作の秘密を解き明かし、俳諧ひと筋に生きた芭蕉の足跡と、〝新しみ〟や〝軽み〟を常とした作句の精神を具体的かつ多角的に追究する。

角川ソフィア文庫ベストセラー

飯田蛇笏全句集

飯田蛇笏

郷里甲斐の地に定住し、雄勁で詩趣に富んだ俳句を詠み続けた蛇笏。その作品群は現代俳句の最高峰として他の追随を許さない。第一句集『山廬集』から遺句集『椿花集』まで全9冊を完全収録。解説・井上康明

西東三鬼全句集

西東三鬼

鬼才と呼ばれた新興俳句の旗手、西東三鬼。「水枕ガバリと寒い海がある」「中年や遠くみのれる夜の桃」反戦やエロスを大胆かつモダンな感性で詠んだ句は今なお刺激的である。貴重な自句自解を付す全句集!

橋本多佳子全句集

橋本多佳子

女心と物語性に満ちた句で、戦後俳壇の女流スターと称された多佳子。その全句を眺めるとき、生をみつめる厳しい眼差しと天賦の感性に圧倒される。全五句集に自句自解、師・山口誓子による解説を収録!

飯田龍太全句集

飯田龍太

伝統俳句の中心的存在として活躍、昭和俳句史に厳然とその名を刻む飯田龍太。全十句集に拾遺、自句自解抄、年譜、解説、季語索引を付す、初の文庫版全句集!

川端茅舎全句集

川端茅舎

師・高浜虚子から「花鳥諷詠真骨頂漢」の称を受け、「茅舎浄土」「露の茅舎」と冠された早逝の俳人。生前の全句集に、散文「花鳥巡礼」「俳諧新涼」、自句自解、年譜、解説、初句・季語索引を付す決定版。

角川ソフィア文庫ベストセラー

季語うんちく事典

編／新海　均

俳句歳時記には載っていない、面白くて意外で、ちょっと余分な（!?）季語のトリビア200超が大集合！季語ということばの趣きと豊かさを感じながら、句友との話題も盛り上がる、愉快でためになる事典。

季語ものしり事典

編／新海　均

「竹は木？　それとも草？」「除夜の鐘はなぜ108回？」等々、歳時記には載っていない豆知識が満載！めくって愉しい、知って納得、俳句作りにも（少し）役立つ、大好評の『季語うんちく事典』兄弟編。

雪月花のことば辞典

編著／宇田川眞人

人びとの心情と文化、歴史が結晶した雪月花のことば全2471項目を三部構成で収録。古今東西の自然と暮らし、祭りと習俗、詩歌や伝説に触れながら、詩情あふれることばとの出会いを愉しめる、極上の辞典！

古典文法質問箱

大野　晋

高校の教育現場から寄せられた古典文法のさまざまな八四の疑問に、例文に即して平易に答えた本。はじめて短歌や俳句を作ろうという人、もう一度古典を読んでみようという人に役立つ、古典文法の道案内！

古典基礎語の世界

源氏物語のもののあはれ

編著／大野　晋

『源氏物語』に用いられた「もの」とその複合語を徹底解明し、紫式部が場面ごとに込めた真の意味を探り当てる。社会的制約に縛られた平安時代の宮廷人達の生活や、深い恐怖感などの精神の世界も見えてくる！

角川ソフィア文庫ベストセラー

日本語をみがく小辞典　森田良行

豊かな日本語の語彙を自由に使いこなすために。辞書の中でしか見ない言葉、頭の片隅にはあるが使いこなせない言葉を棚卸しし、いつでも取り出せるように簡単整理！　言葉の上手な利用法のいろはを学ぶ辞典。

気持ちをあらわす「基礎日本語辞典」　森田良行

「驚く」「びっくりする」「かわいそう」「気の毒」など、普段よく使う言葉の中から心の動きを表すものを厳選。日本人特有の視点や相手との距離感を分析し、使い分けの基準を鮮やかに示した、読んで楽しむ辞書。

違いをあらわす「基礎日本語辞典」　森田良行

「すこぶる」「大いに」「大変」「なんら」など、普段使っている言葉の中から微妙な状態や程度をあらわすものを厳選。その言葉のおおもとの意味や使い方、差異を徹底的に分析し、解説した画期的な日本語入門。

時間をあらわす「基礎日本語辞典」　森田良行

日本語の微妙なニュアンスを、図を交えながら解説する『基礎日本語辞典』から、「さっそく」「ひとまず」など、「時間」に関する語を集める。外国語を学ぶとき、誰もが迷う時制の問題をわかりやすく解説！

思考をあらわす「基礎日本語辞典」　森田良行

「しかし」「あるいは」などの接続詞から、「〜なら」「〜ない」などの助動詞まで、文意に大きな影響を与える言葉を厳選。思考のロジックをあらわす言葉の使い方、微妙な違いによる使い分けを鮮やかに解説！